Aus den Memoiren des Herren von Schnabelewopski / Der Rabbi von Bacherach

슈나벨레봅스키 씨의 회상 / 바헤라흐의 랍비

〈지식을만드는지식 고전선집〉은
인류의 유산으로 남을 만한 작품만을 선정합니다.
읽을 수 없는 고전이 없도록 세상의 모든 고전을 출판합니다.
오랜 시간 그 작품을 연구한 전문가가
정확한 번역, 전문적인 해설, 풍부한 작가 소개, 친절한 주석을
제공합니다.

Aus den Memoiren des Herren von Schnabelewopski / Der Rabbi von Bacherach

슈나벨레봅스키 씨의 회상 / 바헤라흐의 랍비

하인리히 하이네(Heinrich Heine) 지음

김희근 옮김

대한민국, 서울, 지식을만드는지식, 2024

편집자 일러두기

- 이 책의 〈슈나벨레봅스키 씨의 회상〉은 1986년 레클람문고에서 출간한 《Aus den Memoiren des Herrn von Schnabelewopski》를, 〈바헤라흐의 랍비〉는 2011년 같은 출판사에 출간한 《Der Rabbi von Bacherach》를 원전으로 삼아 번역했습니다.
- 이 책에 실린 두 작품 모두 작가가 완결하지 않은 상태로 출간한 것을 그대로 옮긴 것입니다. 미완의 열린 결말이 독자의 상상력과 흥미를 배가하기 바랍니다.
- 한 편의 시, 중단편소설, 단행본 속의 한 장(章), 논문 등의 짧은 글, 노래 등은 〈 〉로 표시하고 장편소설, 서사시, 단행본, 잡지 등은 《 》로 표시했습니다. 작품의 제목임을 특별히 강조해 언급한 때에는 ' '로 표시했습니다. 《성경》과 그 외 종교 경전 및 법전도 모두 《 》로 표시했습니다.
- 한, 두, 세 등으로 읽히는 숫자는 두 자리까지는 한글로 적고 그 이상은 모두 아라비아 숫자로 적되 백, 천, 만 등의 단위는 모두 한글로 적었습니다. 또 수가 들어간 관용적 표현은 모두 한글로 적고, 시간과 날짜는 모두 아라비아 숫자로 적었습니다.
- 주석은 독자의 이해를 돕기 위해 모두 옮긴이가 단 것입니다.
- 본문에 삽입된 시의 한 행이 길어 한 줄을 넘어갈 경우에는 내어쓰기로 표시했습니다.
- 외래어 표기는 현행 한글 어문 규범의 외래어 표기법을 따랐습니다. 《성경》 속 인물이나 지역의 이름은 한글 《성경》의 표기를 따랐습니다. 단, 《성경》에 등장하지만 실재하는 인물이나 지역으로서 독일어 원전에 실명이 쓰인 것은 그에 따라 표기하고 각주에 《성경》 속 이름을 덧붙였습니다. 그리스·로마 신화의 신이나 인물의 이름은 독일어 원전에

그리스식으로 적힌 것은 그리스식으로, 로마식으로 적힌 것은 로마식으로 적었습니다.

차 례

슈나벨레봅스키 씨의 회상 · · · · · · · · · · · · · 1
바헤라흐의 랍비 · · · · · · · · · · · · · · · · 115

해설 · · · · · · · · · · · · · · · · · · · 201
지은이에 대해 · · · · · · · · · · · · · · · · 220
지은이 연보 · · · · · · · · · · · · · · · · 226
옮긴이에 대해 · · · · · · · · · · · · · · · · 229

하인리히 하이네(Heinrich Heine, 1797~1856)

사랑과 낭만을 노래한 독일 시인, 하인리히 하이네.
그는 또한 참여 문학가로서
해박한 지식과 경험을 토대로
문화와 사회 현상을
해학적이면서도 철학적으로 분석하며
보편적 인본주의를 추구했다.
하이네의 문학은
현대의 독자에게도 여전히
시대와 시간의 거리를 뛰어넘어
세계를 깊이 이해하고 비판하는 데
경종을 울린다.

슈나벨레봅스키 씨의 회상

1.

내 아버지의 이름은 슈나벨레봅스키다. 어머니는 슈나벨레봅스카. 두 분이 결혼하여 낳은 아들인 나는 1795년 4월의 첫 번째 날 슈나벨레봅스 가문의 일원이 되었다. 피피츠카의 원로이신 종조모는 어린 시절의 나를 돌봐주셨다. 아름다운 동화를 이야기해 주셨고, 때론 자장가로 나를 잠재우셨다. 물론 노랫말이라든가 멜로디에 관한 기억은 이미 사라지고 없지만, 노래를 부르실 때 부들부들 머리를 떨며 고개를 끄덕이던 종조모의 신비스러운 모습, 그리고 그녀의 입안에 유일하게 남아 있던 커다란 치아는 아직도 내 기억에 남아 있다. 가끔 생각나는 것이 또 있다. 앵무새가 죽자 몹시 슬퍼하시던 장면이다. 종조모는 돌아가셨지만, 이 넓은 세상에서 그녀의 앵무새를 지금까지 기억하고 있는 사람은 나밖에 없을 것이다. 키우던 고양이의 이름은 미미, 개 이름은 욜리였다. 욜리는 사람에 관해 잘 알고 있었다. 내가 회초리를 들면 욜리는 곧장 멀리 도망쳤다. 어느 날 아침이었다. 욜리가 꼬리를 두 다리 사이에 잔뜩 사리고 보통 때보다 더 길게 혀를 내밀고 있다고 남자 하인이 말했다. 결국 불쌍한 욜리는 목에 고정한 돌과 함께 물에 던져졌다. 익사시킨 것이다. 남자 하인의 이름은 프르슈츠비치였다. 이 이름을 제대로 부르려면, 재채기를 먼저 해야만 했다. 여자 하인의 이름은 슈브르츠스카였다. 독일어를 쓰는 사람에게는 비교적 낯설고 거친 느낌이 들겠지만, 폴란드 사람들에게는 정말로 듣기 좋은 아름다운 이름이다. 그녀의 머리카락은 하얗고, 치아는 황금처럼 노랬으며, 체구는 땅딸막했다. 이외에도 예쁘고 착한 성품의 사촌 누이가 있었다. 우리는 정원에서 함께 놀면서 개미들의 살림살이를 관찰했고, 날쌔게 나방을 잡았으며, 정원에 꽃을 심었다. 내가 아버지에게 드리기 위해 작은 양말을 흙에 심어 한두 벌의 바지로 크게 키우겠다고 하자 그녀가 미친 듯이 웃었던 적이 있다.

아버지는 이 세상에서 가장 따뜻한 마음의 소유자시고, 오래도록 멋진 남성으로 널리 알려진 분이셨다. 머리는 분칠이 되어 있었고, 뒤로 멋지게 댕기 머리를 땋으셨다. 그것은 늘어져 있다기보다는 거북의 등껍질로 만든 빗으로 머리 위에 단단히 고정한 것이다. 눈이 부실 듯 흰 아버지의 손에 나는 자주 입을 맞추었다. 그럴 때마다 맡았던 달콤한 향이 찌르듯 내 눈을 자극했다. 나는 아버지를 몹시 사랑했다. 아버지가 돌아가실 수도 있다는 생각을 나는 해 본 적이 없었다.

나의 친할아버지는 슈나벨레봅스키 가문의 원로였다. 그에 대해 나는 아는 것이 거의 없다. 그가 한 사람이고 내 아버지가 그의 아들이라는 것 말고는. 외할아버지는 브를슴스키 가문 출신의 원로였다. 그는 초상화 속에서 비로드 천으로 만든 다홍색 양복을 입고 긴 칼을 차고 있었다. 어머니는 종종 할아버지의 친구에 관해 이야기해 주었는데, 녹색의 비단 양복과 장미색 비단 바지, 그리고 흰 비단 양말을 착용했던 그는 프로이센의 왕에 관한 이야기를 하면서 작은 샤포*를 이리저리 흔들었다고 한다.

나의 어머니 슈나벨레봅스카 부인은 내가 좋은 교육을 받고 성장할 수 있도록 해 주셨다. 그녀는 책을 많이 읽은 분이었다. 어머니는 나를 잉태하고 거의 플루타르크*만 읽으셨다. 아마도 위대한 남성 중 한 사람을 염두에 두면서 태아에 영향을 끼치려 하셨을 터인데, 그는 분명 그라쿠스 형제* 중 하나였을 것이다. 농지법 현대화 실현을

---

* 샤포 : 삼각형 모양의 모자다.
* 플루타르크 : 고대 그리스의 철학가이자 정치가, 작가다.

꿈꾸는 나의 신비스러운 동경은 바로 그것 때문일 것이다. 자유와 평등에 대한 나의 의식 또한 어머니의 독서에서 비롯되었다고 볼 수 있다. 어머니가 당시에 은행가 카르투흐의 생애에 관한 책을 읽었더라면, 나는 지금쯤 위대한 은행가가 되었을지도 모른다. 어린 시절 나는 자주 슈나벨레봅스 가문이 소유한 아름다운 목초지에 누워 어떻게 하면 인류를 행복하게 만들 수 있을까에 관한 답을 구하기 위해 학교에 가는 걸 소홀히 했다. 그래서 자주 게으름뱅이로 꾸지람을 듣고 처벌을 받을 수밖에 없었다. 세계를 행복하게 만들기 위한 나의 고민은 당시에 이처럼 고통과 고난 속에 이루어졌다. 내가 살던 곳 주변은 멋졌다. 작은 강이 흘렀고, 여름이면 느긋하게 수영을 즐길 수 있었으며, 강가의 나무들에는 여러 종류의 아름다운 새들이 보금자리를 꾸몄다. 당시 폴란드의 옛 수도인 고도 그네젠은 겨우 3마일 거리에 있었다. 그곳의 대성당에는 아달베르트 성인*의 유해가 안치되어 있었는데, 그의 석관은

---

* 그라쿠스 형제 : 로마 공화정 시대에 활동했던 정치가인 티베리우스 그라쿠스와 가이우스 그라쿠스를 말한다.
* 아달베르트 성인 : 선교사이자 기독교 성인으로 추대된 아달베르트

은으로 뒤덮여 있고, 그 위로 추기경 모자를 쓰고 깍지 낀 두 손으로 주교장*을 든 그의 모습을 실물 크기로 그린 초상화가 걸려 있었다. 모든 것이 은으로 뒤덮여 있어서 나는 당시 그를 은으로 만든 성인으로 생각하지 않을 수 없었다! 아, 얼마나 자주 나는 폴란드로 돌아가고 싶었던가. 상상 속의 나는 그네젠의 대성당 아달베르트 성인의 무덤 주위에 있는 기둥에 몸을 기대고 있었다! 알레그리*가 작곡한 〈미제레레〉*를 오르간으로 연주하는 웅장한 소리와 멀리 떨어진 소성당으로부터 미사를 봉헌하는 소리가 속삭이듯 들려왔다. 화려하게 채색된 창문으로 하루의 마지막 빛이 투과되고 있었다. 은으로 덮인 성인의 무덤 앞에 기도하는 한 사람만 있을 뿐 성당은 텅 비어 있었다. 아름답고 고귀한 여인이었다. 그녀는 곁눈질로 살짝

폰 프라하(Adalbert von Prag, 956~997)를 가리킨다.

* 주교장 : 고위 성직자들의 지팡이로 권위와 관할 지역을 상징한다.
* 알레그리 : 로마 가톨릭교회의 사제이자 작곡가, 교황청 음악악장이었던 그레고리오 알레그리(Gregorio Allegri, 1582~1652)를 가리킨다.
* 〈미제레레〉 : 〈시편〉의 한 구절인 "주님, 자비를 베푸소서(miserere mei, Deus)"의 일부를 따서 곡을 붙인 것이다.

나를 보더니, 이내 다시 성인을 향했다. 갈망하듯 그녀의 입술이 빨리 움직이며 속삭였다.

"주님을 찬양하나이다!"

내가 그녀의 말을 들은 바로 그 순간 멀리서 성당지기의 종 치는 소리가 들렸다. 오르간 소리는 점점 더 격정적으로 고조되었다. 고귀한 모습의 여인이 무덤 앞 계단에서 일어났다. 그녀는 붉게 물든 얼굴을 흰 망사로 가리고 대성당을 떠났다.

"주님을 찬양하나이다!"

이 기도문은 나를 위한 것인가, 아니면 은으로 만든 아달베르트를 향한 것인가? 그녀는 성인을 보고 있었다. 하지만 얼굴만 그랬다. 곁눈질은 무엇을 의미하는 것일까. 성인보다 먼저 나를 곁눈질로 본 그녀. 달이 어두운 구름을 뚫고 나왔다가 다시 재빠르게 구름 뒤로 숨을 때면, 달이 밤바다 위에서 흘러가는 것처럼 보이듯이, 기다란 띠 같은 광선이 내 영혼 위에서 번쩍이고 있었다. 빛은 밤바다처럼 어두운 내 영혼의 심연에서 잠자고 있던 무시무시한 괴물을 깨워 일으켰다. 나의 정열. 포악한 상어와 황새치가 갑자기 수면 위로 솟구치더니 환희에 넘쳐 꼬리를 물며 빙빙 돌고 있다. 북해의 굉음을 내는 폭풍처럼 오르간 소리가 쏴쏴 점점 더 거친 소리를 내고 있다.

다음 날 나는 폴란드를 떠났다.

2.

 어머니가 손수 내 가방을 꾸리셨다. 셔츠 하나하나마다 아들을 위하는 어머니의 잔소리가 함께 꾸려졌다. 훗날 세탁부는 선의의 잔소리가 담겨 있는 셔츠를 모두 세탁된 새것과 교환했다. 아버지는 몹시 흥분하셨다. 그는 직접 작성한 장문의 종이쪽지를 내게 주셨다. 내가 이 세상에서 어떻게 행동해야만 하는가를 항목별로 적어 주신 것이다. 첫 번째 항목은 이러했다. 두카텐*은 지급 전에 반드시 열 번 뒤집어 살펴야 한다. 처음에 나는 이것을 잘 지켰다. 하지만 후에는 늘 그렇게 뒤집는 것이 몹시 성가셨다. 아버지는 종이쪽지와 함께 바로 그 두카텐을 나에게 주셨다. 이어 그는 가위를 손에 들더니 멋지게 땋은 댕기 머리를 자르셨다. 그리고 나에게 기념물로 주셨다. 나는 이것을 지금도 가지고 있는데, 분칠이 되어 있는 가느다란 머

---

* 두카텐 : 20세기 초까지 전 유럽에 걸쳐 통용된 금화다.

리카락을 보면 눈물이 터져 나온다.

 떠나기 전날 밤 나는 꿈을 꾸었다.
 내가 맑게 갠 어느 날 아름다운 바닷가 근처에서 산책하던 때는 정오였고 태양 빛으로 바다는 다이아몬드처럼 반짝였다. 해안 여기저기에 있는 커다란 알로에가 하늘을 동경하듯 녹색의 팔을 위로 뻗치고 있었다. 수양버들도 있었다. 금실로 만든 장식물처럼 늘어져 있는 가지들은 파도가 다가올 때마다 흔들리며 위로 들렸는데, 그 모습은 귀여운 물의 요정들이 귓속말을 속삭일 때 더 잘 듣기 위해 곱슬곱슬한 머리를 들어 올리는 것처럼 보였다. 탄식하고 정담을 나누는 그들의 말소리가 들리는 것 같았다. 태양에 반사되어 빛나는 바다는 활짝 핀 꽃처럼 아름답고 화사했다. 파도 소리도 듣기 좋았다. 그런데 쇠쇠 소리를 내며 반짝이는 파도 위로 은으로 뒤덮인 아달베르트가 나를 향해 오고 있는 것이 아닌가. 은으로 된 손은 주교장을 들고, 은으로 된 머리에는 은으로 만든 주교 모자가 얹힌, 그네젠 대성당에서 보았던 모습 그대로였다. 그가 손짓하며 나에게 머리를 끄덕였다. 마침내 나와 마주 선 그는 은처럼 청아한 목소리로 나에게 말을 건넸다.

나는 파도 소리 때문에 그의 말을 잘 들을 수 없었다. 하지만 은으로 만든 경쟁자인 그가 나를 비웃고 있다는 생각이 들었다. 해변에 오랫동안 선 채로 나는 해가 질 때까지 울고 있었다. 하늘과 바다의 색깔은 탁하고 빛을 잃어 흐릿했다. 큰 슬픔이 밀려왔다. 밀물이 차올랐다. 탁 소리와 함께 부러진 알로에와 수양버들이 파도에 떠밀려 내려갔다가 되돌아왔지만, 하얀 거품 속에서 반원을 그리며 맴돌면서 무섭도록 격렬하게 위로 솟구쳤다. 노 저을 때의 규칙적인 소리가 들렸다. 나는 거친 파도에 떠밀리며 다가오는 한 척의 작은 배를 발견했다. 네 개의 흰색 형체가 보였다. 창백한 얼굴을 한 죽은 사람들이었다. 수의를 입은 그들은 배에 앉아서 안간힘을 쓰며 노를 젓고 있었다. 배의 한 가운데에는 창백하지만, 아주 아름다운 여인이 있었다. 수선화의 향기로 만든 것처럼 매우 연약했다. 그녀가 뭍으로 뛰어내렸다. 그리고 배는 유령처럼 무시무시한 모습의 노 젓는 노예들과 함께 다시 심해로 돌아갔다. 판나자드비가가 내 팔에 안겼다. 그녀는 울다가도 웃음을 지었다.

"주님을 찬양하나이다."

3.

 슈나벨레봅스가를 떠난 내가 향했던 첫 목적지는 독일의 함부르크였다. 나는 곧바로 네델란드의 레이덴으로 가서 부모님의 희망에 따라 신학 공부에 열중하는 대신—고백할 것도 있는데, 레이덴에서 매 학기 나는 신보다는 세속적인 것에 더 큰 관심을 기울였다—함부르크에서 6개월을 머물렀다.

 함부르크는 견고한 건물들로 이루어진 멋진 도시다. 이곳을 지배하는 자는 파렴치한 맥베스가 아닌 뱅코우*라고 할 수 있다. 뱅코우의 정신이 공화국인 이 작은 도시의 곳곳을 지배하고 있고, 실질적인 수장은 매우 영리하며 신중한 성격의 한 상원 의원이다. 함부르크를 사람들이 공화국이라고 부르지만, 그것은 결코 틀린 말이 아니다. 철저한 정치적 자유를 느낄 수 있기 때문이다. 시민들은 원하는 것을 할 수 있고, 상원 의원 역시 하고 싶은 것을 행한

---

* 뱅코우 : 셰익스피어의 작품 《맥베스》에 등장하는 인물로 유령이 되어 맥베스를 괴롭힌다.

다. 이곳에서는 누구나 자유롭게 행동하는 것에 거리낌이 없다. 공화국이기 때문이다. 라파예트*가 만일 루이 필리프*를 발견하는 행운을 얻지 못했더라면, 아마도 그 대신 함부르크의 상원 의원들과 원로원 사람들을 프랑스인들에게 추천했을지도 모른다. 함부르크는 멋진 공화국이다. 풍속은 영국식이고 음식은 천국에서나 맛볼 것이었다. 함부르크의 반트람과 드레크발 사이에 있는 식당들이 내놓는 요리는 대단했다. 우리의 위대한 철학가들은 그 사실을 알지 못할 것이다. 함부르크 사람들은 성품이 좋으며 먹는 것도 좋아한다. 종교, 정치, 학문에 관한 그들의 견해 차이는 크지만, 음식에 관해서는 절묘하게 의견이 일치한다. 기독교 신학자들은 지금도 저녁 성찬의 의미에 대해 논박을 벌이지만, 점심 식사의 중요성에 관한 것이라면 별다른 이의를 표명하지 않을 것이다. 유대인들 사이에서 어떤 집단은 식사 기도를 독일어로 하고, 또 어떤 집

---

* 라파예트 : 프랑스 군인이자 사상가로 프랑스 혁명 시기에 시민군을 지휘했다.

* 루이 필리프 : 프랑스 혁명 세력을 지원했고 추후 왕위에 올라 시민 왕으로 불렸다.

단은 히브리어로 바칠지 모르지만, 두 집단 모두 먹는 것을 좋아하고, 또한 음식을 제대로 평가하는 것에 익숙하다. 구운 고기가 그들에게 떨어질 때까지 오래도록 법을 이리저리 뒤집는 변호사들은 싸우는 걸 아주 좋아하지만, 요리는 공식적으로 이래야만 한다는 논쟁을 벌일 때, 그들은 모든 음식은 훌륭해야만 하고, 누구나 다 좋아하는 음식이 있다는 사실을 말하며 의견의 일치를 보인다. 군인들은 용감하고 스파르타식의 엄격한 사고를 하려 하지만, 스파르타 사람들이 먹던 검은 수프에 관해서는 알려 하지 않는다. 의사들은 질환을 다루는 데에서 서로 견해가 다르고, 위장병과 같은 풍토병을 치료하기 위해 대량의 훈제 고기를 섭취하거나 동종요법으로 큰 사발의 가짜 자라 수프에 압생트주의 1만 분의 1방울을 넣어 치유를 시도하지만, 정작 수프와 훈제 고기의 맛에 관한 이야기라면 서로 의견이 일치한다. 함부르크는 방금 말했던 훈제 고기의 원조 도시라 하겠다. 마인츠가 요한 파우스트로 유명하고, 아이스레벤은 루터로 명성을 얻고 있듯이, 함부르크는 바로 이 훈제 고기로 유명하다. 인쇄술과 종교 개혁이 훈제 고기와 비교해서 도대체 어떤 점에서 중요하다는 것인가? 앞의 둘이 도움이 되었는가, 아니면 해가 되었는가에 대해 독일에서는 두 무리가 나뉘어 서로 싸움을 벌였지만, 심지어 최고로 진지하다고 할 수 있는 예수회 소속 수도사들도 훈제 고기가 인간에게 훌륭하고, 치유를 돕는 발명품이라는 점에 대해서는 이의를 제기하지 않는다.

함부르크는 카를 대제에 의해 건설되었다. 하지만 이 도시에 거주하는 8만 명의 소시민들은 아헨에 묻힌 카를 대제와 함부르크의 모든 것을 바꿀 생각은 없는 것 같다. 어쩌면 함부르크 시민의 수는 10만 명일 수도 있다. 온종일 거리에 나가 사람들을 관찰하는 것이 나에게는 중요하지만, 정확한 수에 대해서는 나는 알지 못한다. 마찬가지로 나는 남성들에게 덜 끌리는 편이다. 아무래도 여성들에게 나는 관심이 있기 때문이다. 대체로 이곳의 여성들은 마르지 않고 풍만했다. 그중에는 호감이 가는 예쁜 여자들도 있었다. 평균적으로 볼 때, 그들에게서 나는 어느 정도 부유하고, 내게서는 찾을 수 없는, 불쾌감마저 들게 하는 관능미를 발견할 수 있었다. 그들이 낭만적인 사랑을 노래하면서도 뜨거운 사랑을 실현하지 못하고, 끓어오르는 열정에 둔감한 편이라면, 그것은 그들 탓이 아니다. 날카로운 사랑의 화살을 시위에 물리는 사랑의 신인 작은 큐피드가 책임을 져야 할 것이다. 그런데 큐피드가 장난기가 발동해서 그런 것인지, 아니면 미숙한 나머지 너무 세게 화살을 쏴서 그런 것인지는 모르겠지만, 함부르크 여성들의 가슴 대신 위장에 그 화살이 꽂힌 것이다. 남성들에 대해서 말하자면 이렇다. 대부분 그들은 뚱뚱하고, 이성적으로 보이는 날카로운 눈매를 지녔으며, 이마는 좁았고, 뺨은 너저분하게 아래로 처졌으며, 음식을 먹는 부위가 특히 발달했다. 모자는 마치 못 박은 듯 머리에 고정되었고, 두 손은 바지 주머니 속에 들어 있다. 내가 낼 금액이 얼마요? 누군가에게 이렇게 물어볼 때처럼 말이다.

이 도시의 기억할 만한 인물과 명소는 다음과 같다. 하나, 구(舊)시청. 그곳에는 왕홀*과 십자가를 단 지구 모양의 보석을 손에 들고 있는 함부르크의 은행가들이 돌에 새겨져 있다. 둘, 증권거래소. 과거 로마인들은 그 광장에 있는 건물의 기둥머리 위에 모범 시민이라는 이름과 함께 검은색의 기념패를 걸어 두었는데, 오늘날 이곳으로 매일 함모니아*의 아들들이 모여든다. 셋, 아름다운 마리안네.* 매우 아름다운 여성이지만, 지난 20년 이래로 시간

* 왕홀 : 군주 또는 통치자를 상징하는 지휘봉이다.
* 함모니아 : 함부르크를 상징하는 라틴어식 표현이다.

의 이빨이 남긴 흔적을 감출 수는 없다. 곁들여 말하자면, 시간의 이빨이라는 은유적 표현이 썩 마음에 들지는 않지만, 그녀는 이제 나이가 너무 많은 나머지 남아 있는 치아가 없다. 즉 아름다운 마리안네는 시간이 흐르면서 모든 치아를, 그리고 지금도 그렇지만 머리카락을 잃었다. 넷, 구(舊)중앙은행. 다섯, 알토나. 여섯, 마르*의 비극 초고. 일곱, 뢰딩 진열실.* 여덟, 증권거래소 중앙 홀. 아홉, 바쿠스 홀. 마지막으로 열, 시립극장. 특히 마지막 명소는 칭찬받아 마땅한 곳이다. 그곳을 방문하는 사람들은 선한 시민들이고 존경할 만한 가장들이다. 그들은 자신을 왜곡할 줄 모르고 누구도 속이지 않는 사람들이다. 그들이야말로 극장을 신전으로 만든 사람들이다. 그들은 인간을 절망에 빠뜨리는 불행을 매우 효과적으로 다루어서 이 세상에 있는 모든 것이 온통 허황한 것이고 거짓으로 위장된

---

* 마리안네 : 함부르크 알토나 출신의 뛰어난 미모로 세상의 주목을 받았던 여성이다.
* 마르 : 함부르크 출신의 당대 유명 연극배우이자 연출가인 하인리히 마르(Heinrich Marr, 1797~1871)를 가리킨다.
* 뢰딩 진열실 : 함부르크에 있는 자연과 예술 박물관이다.

것이 아니라는 사실을 설득력 있게 전달한다.

 이 도시의 특징을 서술하면서 나는 우리 시대에서 가장 훌륭한 것은 바로 드레반가(街)에 있는 아폴로 홀이라고 말하고 싶다. 지금은 꽤 몰락했지만, 그곳에서는 필하모니 연주회와 마술 공연이 열리며, 자연과학자에게는 일거리가 제공된다. 그러나 과거에는 그렇지 않았다! 트럼펫 소리가 힘차게 울려 퍼지고, 북소리가 요란했으며, 타조 깃이 푸드덕 날리는 곳이었다. 그뿐이던가. 매춘부 헬로이제와 민카가 오긴스키*의 폴로네즈*에 맞추어 원무를 추던 곳이다. 그렇다고 예의에 어긋난 것도 없었다. 행복이 나에게 웃음 짓던 아름다운 시절이 아니던가! 헬로이제는 행복을 의미했지! 그녀는 장밋빛 뺨, 수선화 같은 코, 정향나무 향기를 머금은 뜨거운 입술, 산중의 호수처럼 푸른 눈을 가진 아가씨였지. 하지만 찬란하게 펼쳐진 봄의

---

* 오긴스키 : 폴란드의 외교관이자 정치가, 작곡가였던 미하엘 오긴스키(Michael K. Oginski, 1765~1833)를 가리킨다.
* 폴로네즈 : 폴란드에서 유래한 춤곡으로 특히 쇼팽에 의해 크게 발전되었다.

정경 위에 희미하게 드리운 구름처럼, 그녀의 이마에서 나는 그녀가 약간 멍청한 아가씨라는 것을 알 수 있었다. 그녀는 미루나무처럼 날씬하고 새처럼 생기발랄했다. 그녀의 피부는 정말 부드러웠다. 머리핀으로 콕 찔러도 12일은 부푼 상태 그대로 있을 것 같았다. 그러나 내가 그녀를 찔렀을 때의 토라진 표정은 고작 12초만 지속되었고 그녀는 다시 미소 지었다. 행복이 나에게 미소 짓던 아름다운 시간! 반면 민카는 웃는 것을 좋아하지 않았다. 드물었다. 치아가 고르지 않았기 때문이다. 하지만 울고 있을 때 그녀의 눈물은 그래서 더 아름다웠다. 낯선 사람들의 불행에 그녀는 울음을 터뜨렸고, 아무런 조건 없이 선행을 베풀 줄 아는 아가씨가 바로 그녀였다. 가난한 사람들에게 그녀는 마지막 남은 동전까지 주었다. 심지어 마지막 남은 셔츠마저 그녀는 원하는 사람에게 주었다. 선한 영혼을 지닌 아가씨였다. 그녀는 딱 잘라서 거절하지 못하는 성격이었다. 눈물 흘리는 것만 제외하면 말이다. 그러나 이렇게 연약하고 남에게 양보하기 좋아하는 성격과 그녀의 외모는 서로 대조를 이루었다. 그것이 그녀의 매력이기도 했다. 그녀는 억세고 풍만한 육체의 소유자였다. 흰색의 건방져 보이는 목은 음탕한 뱀처럼 거칠고 곱슬곱슬한 검은색 머리카락으로 휘감겨 있었고, 어두운 개선문 아래에서 세계를 통치하는 자처럼 그녀의 눈은 빛났으며, 보라색 입술은 교만하고 위가 들린 편이었고, 손은 대리석처럼 희었다. 경외할 만했다. 하지만 유감스럽게도 몇 개의 주근깨가 손에, 그리고 왼쪽 허리에는 작은 칼 모양의 반점이 있었다.

독자 여러분, 내가 여러분을 점잖지 않은 곳으로 안내했다면, 나 역시 그러했지만, 그곳은 그다지 돈이 많이 드는 곳이 아니라는 점에서 위안을 얻기를 바란다. 하지만 매우 이상적인 여인들이 뒤에 등장할 것이다. 그리고 지금 나는 독자들의 기분을 전환하려는 의도에서 당시 내가 알고 있었고, 또한 존경해 마지않던 두 명의 숙녀를 소개할 생각이다. 두 숙녀의 이름은 피퍼 부인과 슈니퍼 부인이다. 피퍼 부인은 원숙기의 아름다운 여인이다. 검은 눈, 크고 흰 이마, 검은색의 모조 곱슬머리, 당당하게 솟은 옛 로마인을 생각나게 만드는 코, 그리고 아무리 좋은 이름이라 하더라도 가치를 잃을 수밖에 없는, 말하자면 이름들의 단두대라고 할 수 있는 그녀의 입. 실제로 그랬다. 피퍼 부인의 입보다 더 이름을 더 효율적으로 처형할 수 있는 기구는 없다. 이름을 부를 때 그녀는 머뭇거리지 않는다. 뜸을 들이는 예비 동작이 없는 것이다. 이 세상 최고의 이름이 그녀의 치아 사이에 놓이게 되면, 그녀는 그저 미소만 지을 뿐이지만, 그 미소는 단두대의 도끼와 다름없어서, 명예는 떨어져 자루에 담긴다. 예절의 표본, 훌륭한 행실, 경건함, 덕성. 슈니퍼 부인은 자신의 이러한 점들을 자랑스럽게 여기는 여인이었다. 그녀는 연약했다. 가슴은 보잘것없고, 얇고 성긴 천으로 감싸여 있었다. 밝은 금발, 담청색 눈은 흰 얼굴에서 불쑥 튀어나왔다. 그녀의 걸음걸이 소리를 들은 사람은 없었다. 사람들이 착각하기 전에 그녀는 자주 어떤 사람의 옆에 서 있었고, 이어 소리 없이 다시 사라지곤 했다. 그녀의 미소 역시 훌륭한 이름들에는 치명적이었다. 하지만 단두대의 도끼만큼은 아니었다. 차라리 아프리카의 독을 품은 바람이라 보는 것이 좋겠다. 그것을 호흡한 꽃들은 곧 시들고 마는 그러한 바람처럼 말이다. 멋진 이름들은 처참하게 꽃처럼 시들고 만다. 그저 그녀는 웃기만 했는데도 말이다. 그녀는 예절의 표본이었고, 훌륭한 행실, 경건함, 덕성을 지닌 여인이었다.

나는 함모니아의 아들 중 많은 사람을 최선을 다해 칭찬할 생각이다. 그들 중에는 특히 높이 평가받아 마땅한 사람들이 있다. 어림잡아 몇백 만 마르크의 현금을 가지고 있을 것이라 여겨지는 사람들을 가장 침이 마르도록 칭찬하련다. 그러나 지금, 이 순간만큼은 이러한 나의 열의를 억제하려 한다. 그래야만 나중에 이 감격이 그만큼 더 노도와 같이 활활 타오를 수 있을 테니까. 그렇다고 나에게 10년 전 어떤 유명한 문필가가 함부르크에 사원 모양의 기념관을 건립하기 위해 함부르크의 모든 사람에게 각자 지닌 덕목의 목록을 금화 한 닢과 함께 그에게 신속하게 보낼 것을 요구했던 것과 같은 마음은 손톱만큼도 없다. 그런데 이 기념관이 왜 실행에 옮겨지지 않았을까. 나는 전혀 알 수 없다. 어떤 사람들은 존경해 마지않을 신사인 그가 꼭두새벽부터 저녁노을이 채 지기도 전까지 열심히 작업하여 첫 번째 허섭스레기를 만들었을 바로 그때 무거운 자재에 깔려 압살당했다고도 말하고, 또 다른 사람들은 높은 직위에 있고 매우 현명한 사람으로 알려진 한 상원 의원이 갑자기 기념관을 짓는 사람에게 24시간 안에 모아 둔 덕목 목록과 함께 함부르크를 떠날 것을 명령하여 매우 점잖게 그 프로젝트를 무산시켰다고도 한다. 하지만 어떤 이유이든 간에, 기념관 건립은 실현되지 못했다. 그런데 나도, 성향 탓이기도 하지만, 이 세상에서 거대한 어떤 것을 이룰 생각이 있었고, 그리고 불가능하다고 사람들이 여기는 것을 성취하려고 늘 애써 왔다. 그래서 나는 멋진 프로젝트를 개시했다. 내가 함부르크의 기념물을 생산하는 것이다. 바로 불멸의 멋진 책을 쓰는 일이다. 이 책에 나는 함부르크 사람들이 가지고 있는 훌륭한 점들을, 예컨대 잘 드러나지 않고 신문에도 나오지는 않지만, 인자하고 고귀한 성품과 믿기 어려울 정도로 위대하고 숭고한 그들의 위업에 관해 서술할 것이다. 그리고 함부르크에서 가장 넓은 대로인 융페른슈티크에 위치한 스위스 파빌리온* 앞에 앉아서 아름다운 함부르크의 경치를 보며 명상에 잠긴 나의 모습을 책의 장식 그림으로 넣을 것이다.

4.

　함부르크를 잘 알지 못하는 독자들을 위해 – 어쩌면 중국이나 오버바이에른에 그런 독자들이 있을 것이다 – 반드시 언급해야만 할 것이 있다. 함모니아의 아들들이 가장 좋아하는 아름다운 산책 장소는 – 잘 어울리는 이름이기도 하지만 – 융페른슈티크라고 하는 곳이다. 그곳은 보리수가 늘어선 길인데, 한쪽에는 건물들이 줄지어 있고,

---

* 파빌리온 : 작은 규모의 가설 건축물 또는 정자다.

다른 한쪽은 거대한 인공 호수인 알스터와 맞닿아 있다. 여기에는 천막 때문에 유쾌한 분위기가 물씬한, 그래서 사람들이 파빌리온이라고 부르는 두 개의 작은 카페가 있다. 특히 스위스 파빌리온으로 불리는 카페 앞은 여름철에 많은 사람이 즐겨 찾는 곳이다. 오후의 태양 빛은 뜨겁지 않고 유쾌하게 미소 짓는 것 같으며, 햇빛을 받은 보리수와 집들, 사람들, 호수와 그 위에서 이리저리 헤엄치고 있는 백조들의 모습은 그야말로 동화의 분위기를 연출한다. 앉기 편한 이곳에서 나 역시 여름 오후에 젊은이라면 생각하는 것들을 생각하곤 했다. 즉 생각할 만한 가치도 없는 그런 것들을 말이다. 그리고 젊은이라면 쳐다보았을 그런 것들을, 말하자면 지나가는 젊은 아가씨들을 보았다. 그들은 날개처럼 너풀거리는 모자를 쓰고 아무것도 들어 있지 않은 덮개 달린 바구니를 들고 푸드덕 날아가듯 아늑한 그곳을 지나갔다. 그들이 향한 곳은 함부르크 전체에 딸기와 우유를 공급하는 피어란데 지역이다. 아가씨들의 치마는 여전히 너무 길었다. 부자 상인의 예쁜 딸들도 자태를 뽐내며 그곳을 지나갔다. 그 아가씨들과 사랑을 나누려면 돈이 많아야 할 것이다. 어떤 유모가 팔에 사내아이를 안고서는 아이의 빨간 볼에 연신 입을 맞추면서 분주하게 걸어갔다. 분명 애인을 생각하고 있음이 분명했다. 이어 거품에서 태어난 여신*을 숭배하는 여사제들, 이른바 베스타의 여사제들, 사냥의 여신 디아나, 물의 요정 나이아데스, 나무의 요정 드리아데스와 하마드리아데스, 그리고 예언자들의 딸들이 나타났다. 아! 그곳에는 민카와 헬로이제도 있었다! 파빌리온 앞에서 나는 줄무늬의 장밋빛 연회복을 입은 그녀들이 지나가는 것을 자주 보았다. 그 옷감은 4마르크 3실링이나 나가는 것이라면서 셀리히만 씨는 장밋빛 줄무늬는 세탁해도 변색하지 않는다고 자신 있게 말했었다.

"사치스러운 매춘부들이군!"
내 옆에 앉은 품행 바른 척하던 젊은이들이 소리쳤다. 큰 체구의 어떤 보험업자도 기억이 난다. 잔뜩 치장한 성령강림절의 소처럼 화려하게 차려입은 그는 이렇게 말했었다.
"저 두 사람을 데려다가 하나는 아침 식사 때에, 다른 하나는 저녁 식사 시간에 기분을 돋우고 싶구나. 그런 날이

---

* 거품에서 태어난 여신 : 올림포스 열두 신 중 하나인 미와 성애의 여신 아프로디테를 말한다.

라면 점심은 걸러도 좋을 거야."

"저 여자는 천사야!"

한 선장이 큰 소리로 이렇게 말하자 두 아가씨가 동시에 주위를 살피더니, 다시 상대방을 질투심 가득한 눈으로 쳐다보았다. 나는 아무 말도 하지 않았다. 나는 여전히 쓸데없는 달콤한 생각에 빠져 아가씨들을, 맑게 갠 하늘을, 키는 크지만 허리가 가는 베드로 성인의 기념탑과 잔잔하고 푸른 알스터를 쳐다보았을 뿐이다. 호수 위로 당당한 자태를 뽐내며 백조들이 한가하게 헤엄치고 있었다. 백조! 나는 백조라면 몇 시간 동안이라도 관찰할 수 있다. 부드럽고 긴 목의 이 고귀한 피조물은 호사스러운 자태를 뽐내며 부드럽게 일렁이는 물 위를 떠다닌다. 백조는 가끔 죽은 듯 물속으로 잠수하지만, 다시 떠올라 하늘이 어둑어둑할 때까지, 놀랍도록 사랑스러운 황금빛 별들이 욕망하듯, 예언하듯, 그 밝은 모습을 드러낼 때까지 자유분방하게 물 위에서 찰방거리며 움직인다. 별! 그것은 새색시가 된 하늘의 가슴에 달린 황금색 꽃이런가? 사랑에 빠진 천사의 눈동자인가? 백조와 사랑놀이를 하는 천사의 동경하는 눈동자가 대지의 푸른 물에 반영되고 있지 않은가?

아! 이 모든 것은 이제 과거의 일들이다. 그때 나는 젊고 어리석었다. 하지만 나이를 먹은 나는 여전히 어리석다. 꽃은 그사이에 시들고, 또 발에 밟혀 으깨졌다. 비단으로 만든 옷은 그사이 갈기갈기 찢기고, 심지어 셀리히만 씨의 면으로 만든 장밋빛 줄무늬 옷도 색이 변했다. 그 역시 생을 마감했고, 경영하던 회사는 미망인 차지가 되었다. 유순한 성품의 헬로이제, 부드럽고 꽃무늬가 장식된 인도산 카펫을 밟으며 공작 깃을 들고 미소를 지을 것 같은 그녀는 선원들이 드나들고 펀치,* 담배 냄새, 조잡한 음악이 난무하는 술집에 있고, 민카의 이름은 카팅카로 바뀌어 있었다. 함부르크와 알토나 사이에 사는 그녀는 네부카드네자르*가 파괴한 솔로몬 성전처럼 황폐한 모습이었고, 싸구려 아시리아산 담배 냄새가 몸에 배어 있었다. 헬로이제가 죽었다고 이야기하며 그녀는 비통하게 울었고 절망하며 머리카락을 쥐어뜯었다. 거의 실신 상태가 된 그녀는 큰 잔의 화주를 마시고 나서야 안정을

---

* 펀치 : 럼주에 설탕, 레몬, 차, 물 등을 섞은 술이다.
* 네부카드네자르 : 바빌로니아의 왕으로, 예루살렘을 함락시키고 유대인들을 바빌론으로 끌고 와 노예로 부렸다. 한글 《성경》에 '느부네갓살'이라는 이름으로 등장한다.

되찾을 수 있었다.

도시 자체에 대해 말해 보자. 얼마나 변했는가! 융페른슈티크도 마찬가지! 지붕에 눈이라도 내려 쌓이면, 집들은 흰 머리가 무성한 사람처럼 더 늙어 보일 것이다. 추운 겨울 융페른슈티크의 보리수는 유령처럼 앙상한 가지만 달린 죽은 나무 같고, 푸른 하늘은 칼로 자른 듯 급격하게 어두워졌다. 일요일 오후 5시였다. 대체로 식사할 시간이었다. 마차에서 내린 신사들과 숙녀들은 굶주린 입술로 미소 짓고 있었다. 놀랍다! 나를 엄습하는 끔찍한 기분을 표현하지 않을 수 없었다. 이 사람들의 얼굴에는 알 수 없는 그 어떤 어리석음이 서려 있었다. 나를 스쳐 지나갔던 모든 사람은 어떤 이상하고 허황한 생각들에 사로잡혀 있었다. 12년 전 같은 시간 때쯤에도 나는 사람들의 그런 표정들을 본 적이 있다. 마치 시청 건물 시계의 인형들이 똑같이 움직이는 것처럼. 이러한 모습은 이후에도 지속되었지만, 사람들은 똑같이 계산하고, 증권거래소를 방문하며, 서로를 초대하고, 턱뼈를 움직이며, 팁을 지불하고, 다시 계산한다. 2 더하기 2는 4.

"놀라운 일이군!"

내가 소리쳤다.

"만일 어떤 사람이 회계 장부가 놓인 책상에 앉은 사람들을 보면서 갑자기 2 더하기 2가 원래는 5라는 생각이 들었고, 그래서 그는 이제까지 삶을 잘못 계산했고, 그래서 삶 전체가 끔찍하게 허비되었다는 생각이 든다면!"

나는 갑자기 어리석은 광기에 사로잡혔다. 스쳐 지나가는 사람들을 나는 좀 더 꼼꼼하게 관찰했다. 문득 사람들이 아라비아 숫자에 불과하다는 생각이 들었다. 임산부이고 큰 가슴을 가진 배우자 불길한 3 옆에 다리가 굽은 2가 걸어가고 있다. 그 뒤로 4가 지팡이에 의지하여 걸음을 옮기고, 작은 머리의 배가 불룩한 불길한 5는 아장아장 걸으며, 작은 체구의 유명한 6, 그리고 더 잘 알려진 사악한 7이 걸어가고 있다. 그러나 불행한 8이 비틀거리며 걸어가는 것을 보게 되었을 때 나는 그가 과거 성령강림절의 소처럼 화려하게 차려입던 보험업자라는 것을 알 수 있었다. 그런데 지금의 그는 파라오의 야윈 암소* 중 가장 말

---

* 파라오의 야윈 암소 : 〈창세기〉 41장 '파라오의 꿈'에 등장하는 암소들을 가리킨다. 파라오가 야윈 암소 일곱 마리가 잘생기고 살진 암소 일곱 마리를 잡아먹는 꿈을 꾸었는데, 감옥에 갇혀 있던 요셉이 파라오의 이 꿈에 대해 이집트에 7년 동안 풍년이 들고, 다음 7년 동안 흉년이 들 거라고 해몽한다.

라비틀어진 암소의 모습을 하고 있었다. 텅 빈 수프 접시처럼 움푹 들어간 볼은 해쓱했고, 추위에 붉어진 코는 겨울 장미 같았다. 그는 빛을 받아 초라하게도 하얗게 반사되는 남루한 검은 외투를 입고 끝부분에 구멍이 난 모자를 쓰고 있었다. 하지만 장화만큼은 거울처럼 반짝였다. 이제 그는 헬로이제와 민카를 아침과 저녁 식사의 대용으로 즐길 생각을 하는 것 같지 않았다. 그보다는 소고기가 들어간 소박한 점심 식사를 동경하는 듯했다. 지나치는 보잘것없는 사람 중 다수는 내가 아는 사람들이었다. 이런저런 숫자 사람들이 지나다닌다. 빠른 걸음으로, 굶주린 모습으로. 한편 멀지 않은 곳 융페른슈티크의 집들을 따라서 기이한 모습의 장례 행렬이 지나가고 있었다. 침울한 분위기의 가장무도회! 운구차 뒤로 죽음의 꼭두각시처럼 가늘고 검은 비단으로 만든 짧은 다리의 죽마를 탄 우리가 잘 아는 시청 직원들과 특권 계층의 유족들이 옛 부르군트풍으로 개량한 의상을 입고 지나갔다. 그들은 짧은 검은색 외투와 헐렁한 바지를 입었고, 흰색 가발과 목가리개를 착용하고 있었다. 그들 사이에 돈을 받고 고용된 붉은 얼굴의 사람들이 익살맞은 표정으로 목을 내밀고 주위를 살피고 있었다. 그들은 단검을 허리에 차고 초록색 우산을 팔에 꼈다.

그러나 중국의 그림자극처럼 소리 없이 지나치며 보여준 이러한 광경보다 더 스산하고 나를 어리둥절하게 만든 것이 있었다. 반대편에서 들려온 소리였다. 쉰 목소리, 목을 그르렁거리는 소리, 비금속성 소리, 의미를 찾을 수 없는 괴성, 두려운 듯 소곤거리는 소리, 절망에 빠져 훌쩍이는 소리, 몸에 묻은 흙을 털어 내는 소리, 앓는 소리, 비탄에 빠져 우는 소리, 알 수 없는 얼음처럼 차가운 고통의 절규. 알스터는 꽁꽁 얼어붙었다. 호숫가 근처 사각형 형태의 커다란 얼음 구멍만 보일 뿐이다. 내가 방금 들었던 괴성은 바로 여기에서 헤엄치며 죽음의 공포에 사로잡혀 끔찍한 소리로 울부짖는 하얀색 피조물의 목에서 나온 소리였다. 아! 한때 부드럽고 경쾌하게 내 영혼을 다독였던 백조들이었다. 아! 아름다운 흰 백조의 날개를 사람들이 부러뜨린 것이다. 가을이 되어 따뜻한 남쪽으로 날아가지 못하도록 말이다. 백조들은 북방의 이 어두침침한 얼음 구덩이에 영원히 갇혀 버렸다. 파빌리온 카페의 웨이터는 백조들이 이곳을 좋아하고 추위 역시 그들을 건강하게 만든다고 말했지만, 전혀 그렇지 않다. 무력하게 이 차가운 웅덩이에 갇혀 거의 얼어 있는데, 날개가 부러져 아름다운 꽃이 만개하고 황금색으로 태양이 빛나며 푸른색 산중 호수가 펼쳐져 있는 아름다운 남쪽으로 날아가지 못하는데, 전혀 괜찮지 않다. 아! 언젠가 나에게 찾아온 시련도 이것보다 더 좋지는 않았다. 그래서 이 가련한 백조들의 고통을 나는 잘 이해할 수 있다. 날은 점점 더 어두워지고, 높은 곳에 떠 있는 별들은 점점 더 밝아진다. 한때 이 별들은 아름다운 여름밤에 다정하게 백조들과 사랑놀이를 했었지. 하지만 지금은 매섭게 차갑다. 꽝꽝 언 얼음처럼 투명하고, 거의 냉소하듯 별들은 백조들을 내려다보고 있다. 이제야 나는 알게 되었다. 별들은 함께 사랑하고 느낌을 주고받는 존재가 아니라는 것을. 화려하게 반짝이는 밤의 현혹에 불과하다는 것을. 꿈에 그리던 하늘에 펼쳐진 거짓 형상이라는 것을. 검푸른색 텅 빈 곳에 꾸며진 황금빛 거짓이라는 것을.

5.

앞의 장들을 서술하면서 나는 무의식적으로 어떤 것을 생각했다. 기억 속에 남은 옛 노래였다. 그걸 콧노래로 계속 흥얼거리고 있었는데, 그때 떠오른 여러 형상과 생각들로 참을 수 없을 정도로 내 마음은 어지러웠다. 그래서 싫든 좋든 간에, 이 노래에 대해 나는 이야기하지 않을 수 없다. 어쩌면 여기의 이 글과도 무관하지 않을 것 같고, 그래서 그것을 휘갈겨 쓰도록 당연히 나를 재촉했을지도 모르겠다. 그렇다. 나는 이제야 그것을 이해하기 시작했다. 유틀란드반도* 출신이고 우리 집에서 마부로 일했던 클라스 힌리히존이 우울한 목소리로 불렀던 그 노래를 이제 나는 이해할 것 같다. 그는 마구간에서 목을 매기 전날 밤에 그 노래를 불렀다. 후렴구 "주위를 살피세요, 폰베드 기사님!"을 부를 때 그는 씁쓸하게 웃기도 했다. 그러면 말들이 겁먹은 듯 힝힝거리고, 누가 죽기라도 한 것처럼 마당에 있던 개가 시끄럽게 짖어 댔다. 그것은 말을 타고 멀리 세상을 돌아다니고, 자신의 질문에 대답을 구할 때까지 오랜 시간 동안 방랑했으며, 마침내 수수께끼가 풀렸음에도 잔뜩 불만에 차서 귀가했던 폰베드 기사에 관한 옛 덴마크 노래였다. 그는 처음부터 끝까지 하프 반주에 맞춰 노래를 불렀는데, 첫 부분의 내용이 뭐였더라? 종종 나는 그것을 곰곰이 생각했다. 클라스 힌리히존은 자주 울먹이는

---

* 유틀란드반도 : 독일과 덴마크에 걸쳐 있는 북유럽의 반도로 윌란반도로도 불린다.

소리로 노래를 시작했지만, 노래가 계속되면서 폭풍이 다가올 때처럼 점점 더 거친 굉음으로 바뀌었다. 노래는 이렇게 시작한다.

폰베드 기사님이 작은 방 안에 있네.
그가 연주하는 황금 하프 소리는 청명하네.
옷 밑에 숨겨 황금 하프를 켜지.
그때 어머니가 들어오셨네.
주위를 살피세요, 폰베드 기사님!

그의 어머니 이름은 아델린 여왕, 그녀가 아들에게 말한다.
"어린 내 아들아, 그 하프는 다른 사람에게 주고 칼을 들어라. 말에 올라타고 달려라. 네 용기를 시험해 보아라. 싸우고 승리를 얻도록 애써라. 이 세상을 둘러보아라. 주위를 살피세요, 폰베드 기사님."

그러자

폰베드 기사님이 옆구리에 칼을 찼네.
전사들과 싸우고 싶은 강한 욕망에 사로잡혔네.

그렇게 그의 출발은 대단했지.
그가 어디로 가려는지 아는 사람은 없다네.
주위를 살피세요, 폰베드 기사님!

투구는 햇빛에 반짝이고,
박차 소리 요란했네.
말은 날뛰고,
말을 탄 주인의 몸도 몹시 흔들렸네.
주위를 살피세요, 폰베드 기사님!

하루 종일, 사흘을 말을 타고 나아갔네.
하지만 도시는 발견할 수 없었네.
아, 젊은 사나이가 말했지.
이 나라에는 도시가 없단 말인가?
주위를 살피세요, 폰베드 기사님!

그가 어떤 길에 들어섰네.
그곳에서 툴레 방 씨를 만났지.
툴레 씨는 열두 아들과 함께 있었네.
모두 훌륭한 기사였다네.
주위를 살피세요, 폰베드 기사님!

막내아들아, 내 말을 들어라.
즉시 내 투구와 바꾸어 써라.
우리끼리 갑옷을 바꾸어 입자,
저 영웅호걸을 무찌르기 전에.
주위를 살피세요, 폰베드 기사님!

폰베드 기사님은 옆구리의 칼을 뽑아 들었네.
전사들과 싸우고 싶은 욕망에 그는 사로잡혔네.
제일 먼저 툴레 씨를 공격했다네.
그리고 그의 열두 아들을.
주위를 살피세요, 폰베드 기사님!

   폰베드 기사님은 옆구리에 칼을 찼다. 보이는 사람들 모두를 송두리째 없애고 싶은 충동에 사로잡힌 그는 바이트만에게 가서 사냥한 것의 반을 내놓으라고 했다. 그 요구를 거절한 바이트만은 그와 싸울 수밖에 없고 죽음을 면치 못한다.

폰베드 기사님은 칼을 옆구리에 찼네.
살해 욕구는 멈추지 않았네.

영웅이 높은 산에 이르렀을 때,
가축을 몰고 가는 목동을 보았네.
주위를 살피세요, 폰베드 기사님!

거기에 있는 목동, 말해 보아라.
네가 몰고 가는 가축들은 어떤 것들이냐?
바퀴보다 더 둥근 것은 무엇이냐?
성탄절 만찬 때 가장 인기 있는 음료는 어디에서 마실 수 있느냐?
주위를 살피세요, 폰베드 기사님!

말해라. 흐르는 강물 어디에 물고기가 있느냐?
붉은 새는 어디 있느냐?
어디에서 제일 좋은 포도주를 마실 수 있느냐?
전사들과 함께 비드리히가 술 마시고 있는 곳은 어디냐?
주위를 살피세요, 폰베드 기사님!

하지만 목동은 앉은 채 아무 말도 하지 않았네.
질문에 대해 답할 수 없었다네.
목동은 그를 조롱했네.
그때 그의 간과 폐가 밖으로 나왔지.

주위를 살피세요, 폰베드 기사님!

그는 다른 언덕으로 향했다. 그곳에 앉아 있는 한 목동에게 그는 다시 질문을 던졌다. 목동이 대답하자 폰베드 기사님은 황금 반지를 빼더니 그것을 목동의 팔에 끼웠다. 폰베드 기사님은 다시 말을 타고 길을 떠나 티게 놀트에게 가고, 열두 아들과 함께 그를 살해한다. 그리고 이어서

그는 말을 타고 온갖 곳을 돌아다녔네.
젊고 고귀한 분인 폰베드 기사님.
산과 계곡을 휩쓸고 다녔건만
말을 건넬 사람이 없었네.
주위를 살피세요, 폰베드 기사님!

그는 세 번째 무리로 갔네.
그곳에는 은빛 머리를 한 한 양치기가 있었네.
내 말을 들어라, 가축을 보살피는 착한 목자여,
분명 나에게 해답을 줄 것이로다.
주위를 살피세요, 폰베드 기사님!

바퀴보다 더 둥근 것은 무엇이냐?

성탄절 만찬 때 가장 인기 있는 음료는 어디에서 마실 수 있느냐?

태양이 머무는 곳은 어디냐?

죽은 사람의 발은 어디를 향하고 있느냐?

주위를 살피세요, 폰베드 기사님!

골짜기 안에는 어떤 것들이 있느냐?

왕을 알현할 때는 어떤 옷이 제일 좋겠느냐?

두루미보다 더 크게 소리 지를 수 있는 동물은 무엇이냐?

백조보다 더 하얀 짐승은 무엇이냐?

주위를 살피세요, 폰베드 기사님!

목덜미에 털이 난 것은 무엇이냐?

턱 아래까지 코가 긴 것은 무엇이냐?

횡목보다 더 검은 것은 무엇이냐?

노루보다 더 빠른 것은 무엇이냐?

주위를 살피세요, 폰베드 기사님!

이 세상에서 가장 넓은 다리는 무엇이냐?

이 세상에서 사람들이 가장 보기 싫어하는 것은 무엇이냐?

이 세상에서 가장 높은 곳에 있는 길은 무엇이냐?
어디에 가면 이 세상에서 가장 차가운 음료를 마실 수 있느냐?
주위를 살피세요, 폰베드 기사님!

태양은 바퀴보다 더 둥글고,
성탄절 잔치를 벌이고 있는 곳은 하늘입니다.
태양은 보금자리가 있는 서쪽을 향하고,
죽은 사람의 발은 동쪽에 둡니다.
주위를 살피세요, 폰베드 기사님!

골짜기는 눈으로 채워져 있고,
용기 있는 자가 궁전에서 가장 화려한 옷을 입습니다.
두루미 울음소리보다 천둥소리가 더 크고,
백조보다 천사가 더 하얗습니다.
주위를 살피세요, 폰베드 기사님!

댕기물떼새는 목덜미에 털이 나 있습니다.
턱 아래까지 길게 코가 튀어나온 것은 곰입니다.
횡목보다 더 검은 것은 죄악이고,
노루보다 빠른 것은 생각입니다.

주위를 살피세요, 폰베드 기사님!

세상에서 가장 넓은 다리를 만드는 것은 얼음이고,
사람들이 제일 혐오하는 것은 두꺼비입니다.
제일 높은 곳에 있는 길은 천국으로 가는 길이고,
제일 차가운 음료는 저기 저 아래에서 마실 수 있습니다.
주위를 살피세요, 폰베드 기사님!

제가 알려 드린 바와 같이,
당신은 지혜의 말과 충고를 얻으셨습니다.
이제 나는 너를 신뢰하니,
많은 전사를 만나게 해 다오.
주위를 살피세요, 폰베드 기사님!

신비한 성을 알려 드리겠습니다.
그곳에서 영웅들은 근심을 잊고 달콤한 술을 마실 수 있습니다.
그곳에서 전사들과 병졸들을 발견할 수 있습니다.
훌륭하게 싸우는 사람들이지요.
주위를 살피세요, 폰베드 기사님!

그가 손에서 황금 반지를 뺐네.
족히 황금 15파운드는 되는 것이네.
그리고 늙은 목동에게 건네주었지.
영웅들이 있는 곳을 알려 주었기 때문에.
주위를 살피세요, 폰베드 기사님!

그는 성으로 말을 달렸고, 가장 먼저 란돌프를, 그리고 이어 슈트란돌프를 물리친다.

그가 힘센 에게 운더를 쓰러뜨렸네.
그가 동생 에게 카를을 물리쳤네.
이리저리 누비면서,
보이는 적은 모조리 물리쳤다네.
주위를 살피세요, 폰베드 기사님!

폰베드 기사님이 칼집에 칼을 꽂았네.
말을 타고 떠날 생각이었네.
황량한 국경에서 한 전사를 만났다네.
훨씬 힘센 전사였네.
주위를 살피세요, 폰베드 기사님!

고귀한 기사여, 나에게 말해 주오.
물고기는 저 강 속 어디에 있소?
최고의 포도주는 어디에서 맛볼 수 있소?
비드리히가 전사들과 술을 마신 곳은 어디요?
주위를 살피세요, 폰베드 기사님!

저 강 동쪽에 물고기가 있소.
북쪽으로 가면 그 포도주를 맛볼 수 있을 것이오.
할란드에 있는 그의 집에 비드리히가 있소.
전사들과 종자들이 함께 있다오.
주위를 살피세요, 폰베드 기사님!

폰베드는 가슴에서 황금 반지 하나를 꺼냈네.
그리고 반지를 전사의 팔에 끼웠네.
말하시오, 그대는 폰베드 기사님에게서
황금을 얻은 마지막 사람이라고.
주위를 살피세요, 폰베드 기사님!

폰베드의 말이 높은 첨탑이 있는 성 앞에 섰네.
성안으로 인도하라고 경비병에게 명령했네.
하지만 아무도 그를 맞으러 나오는 사람이 없었지.

그래서 그는 담을 뛰어넘어 들어갔네.
주위를 살피세요, 폰베드 기사님!

말을 밧줄에 묶고
그는 성의 큰 방으로 향했네.
그리고 테이블의 상석에 바로 앉았다네.
그는 아무 말도 하지 않았네.
주위를 살피세요, 폰베드 기사님!

그는 먹고, 마시고, 요리들을 꿀꺽 삼켰다네.
왕에게 그는 아무런 질문도 던지지 않았지.
저주받은 입들이 이토록 많은 곳에서,
나는 결코 파렴치한 사람이 아니라네.
주위를 살피세요, 폰베드 기사님!

왕이 전사들에게 말했네.
저 망나니 녀석은 꽁꽁 묶여 있어야 마땅하다.
저 낯선 자를 단단히 포박하지 않는다면,
너희들은 정성을 다하여 나를 섬기지 않는 것이다.
주위를 살피세요, 폰베드 기사님!

다섯을 걸어라, 스물을 더 걸어라.
너도 이리 와 도박을 하자.
너를 창녀의 아들이라고 부르겠다.
부당하게도, 너는 나를 묶으려 하는구나.
주위를 살피세요, 폰베드 기사님!

사랑하는 내 아버지, 에스머 왕.
내 어머니, 고귀한 귀부인.
두 분은 나에게 금지 사항을 철저하게 지키라고 말씀하셨다.
황금으로 장난질을 하지 말라고 말이다.
주위를 살피세요, 폰베드 기사님!

왕 에스머는 네 아버지였다.
귀부인은 네 어머니였다.
너는 폰베드, 잘난 전사,
사랑하는 내 여동생의 아들이지.
주위를 살피세요, 폰베드 기사님!

폰베드 너는 내 곁에 머무르길 원하는가.
명성과 명예가 함께할 것이다.

네가 들로 나가면
내 기사들이 너를 보호할 것이다.
주위를 살피세요, 폰베드 기사님!

귀향을 단념한다면,
나의 황금은 모두 네 차지가 될 것이다.
그러나 그것에 그는 마음이 흔들리지 않았네.
그는 고향의 어머니에게 돌아가고 싶었네.
주위를 살피세요, 폰베드 기사님!

폰베드는 말을 타고 길을 떠났네.
그는 번민에 휩싸였네.
이윽고 그의 말이 성에 이르렀을 때,
그곳에 열두 마녀가 서 있었다네.
주위를 살피세요, 폰베드 기사님!

실감개와 방추를 들고 서 있는 그들은,
그의 흰 정강이뼈 위를 힘껏 내리쳤네.
폰베드는 말을 타고 그들에게 돌진했네.
그리고 열두 마녀를 한 번에 죽여 버렸네.
주위를 살피세요, 폰베드 기사님!

그곳에 서 있던 마녀들을 물리쳤네.
그들은 그에게서 빠져나갈 방법이 없었다네.
그의 어머니도 같은 행운을 누렸네.
그녀는 5천 조각으로 잘게 썰렸다네.
주위를 살피세요, 폰베드 기사님!

그가 큰 방에 들어섰네.
음식을 먹고 투명한 색의 포도주를 마셨네.
그리고 오래도록 황금 하프를 연주했네.
현 타래가 끊어져 갈기갈기 찢겨 나갈 때까지.
주위를 살피세요, 폰베드 기사님!

6.

  내가 처음으로 함부르크를 떠났을 때는 날씨가 매우 좋은 봄 어느 날이었다. 나는 항구에서 타르칠이 된 선박들의 복부에서 어른거리는 황금색 태양 빛을 보았고, 경쾌하고 길게 지속되는 선원들의 외침 소리를 여전히 들을 수 있었다. 게다가 봄철의 항구 분위기는 처음으로 바깥세상으로 향하는, 말하자면 처음으로 삶이라는 넓은 바다를 향하는 젊은이의 기분 상태와 가장 흡사했다. 생각은 깃발을 단 듯 요란하게 펄럭이고, 오만함은 욕망이라는 돛을 한껏 부풀도록 만든다. 야호! 그러나 곧 거센 폭풍이 일고, 수평선은 어둠 속에 잠기며, 회오리바람이 괴성을 지르고, 배의 판자들이 아지작거리며, 거센 파도가 조종키를 부수어 버린다. 결국 가련한 배는 낭만적 분위기의 낭떠러지에 부딪혀 산산조각이 나거나 단조로운 해변에 좌초하고 만다. 또는 썩거나 부서진 채 장막만 달린 돛대만 있을 뿐 희망이라고 할 수 있는 단 하나의 닻도 없이 다시 배는 옛 항구로 돌아온다. 그리고 그곳에서 모든 장치들을 제거한 채 볼품없는 모습의 난파선이 되어 썩어 간다!

물론 평범한 배들과 비교가 되어서는 안 되는 그러한 사람들도 있다. 증기선이라면 모를까. 그들은 검게 타는 불을 가슴속에 지니고 바람과 악천후에 맞서 항해한다. 깃발처럼 펄럭이며 뿜어 나오는 연기는 무서운 기사의 검은 깃털이고, 톱니 모양의 바퀴는 바다에 파문을 새기는 거대한 박차 같다. 무시무시하게 이는 거품은 박차가 원하는 바를 따라야만 하는 말처럼 보인다. 그러나 너무나 자주 증기 탱크는 폭발하고 쏟아져 나온 내부의 화염은 우리를 먹어 치운다.

자 은유적 서술은 이제 그만두고 함부르크에서 암스테르담으로 향하는 실제의 선박에 올라야 하겠다. 배는 스웨덴 선박이었다. 이 책에 등장하는 인물들 말고도 철봉이 배에 선적되어 있었다. 아마도 배는 함부르크로 되돌아올 때는 건어물을, 아테네로 갈 때는 올빼미를 선적할 것이다.

엘베강 변은 정감이 넘치는 곳이다. 특히 알토나 지역 뒤 라인빌레가 그렇다. 멀지 않은 곳에 시인 클로프슈토크*의 묘지가 있다. 나는 고인이 된 시인을 위한 묘지로 이곳보다 더 훌륭한 장소는 없으리라 생각한다. 오히려 살아서 그곳에 사는 것이 더 힘들 것이다. 예수의 수난을 감동적으로 노래한《메시아》, 얼마나 자주 나는 이 시인의

---

* 클로프슈토크 : 독일의 시인, 프리드리히 클로프슈토크(Friedrich G. Klopstock, 1724~1803)를 말한다. 그의 대표작으로 종교 서사시 《메시아(Messias)》(1748)가 있다.

묘를 찾았던가! 하지만 시인은 융페른슈티크 뒤편의 쾨니히슈트라세에서 오랜 세월을 보냈다. 선지자가 십자가 위에 어떻게 못 박히셨는지 알기 위해서.

두 번째 날 함부르크가 속령으로 삼았던 쿡스하펜*으로 향했다. 그곳 사람들은 함부르크 공화국의 신민들이며, 또한 그것에 자부심을 느끼고 있었다. 모든 것이 꽁꽁 어는 추운 겨울이 되면 함부르크는 이곳 사람들에게 양모 담요를 보내고, 반대로 더운 여름이면 레모네이드를 선물한다. 그곳을 통치하는 총독은 최고의 지성과 지혜를 갖춘 상원 의원인데, 그는 매년 2만 마르크의 연봉을 받으면서 5천 명이 넘는 사람들을 통치한다. 그곳에는 해수욕장도 있다. 다른 해수욕장들과 다른 이점이 있다면, 엘베강 하구에 있는 지리적 위치로 인해 그곳에서 사람들이 강에서도 수영을 할 수 있다는 점이다. 산책이 가능한 큰 규모의 제방은 쿡스하펜의 일부인 릿체뷔텔 성곽을 향해 뻗어 있다. 성곽의 이름은 고대 페니키아 문명에서 유래한 것이다. 즉 '릿체'와 '뷔텔'은 페니키아어로 엘베강의 하구를

---

* 쿡스하펜 : 니더작센주 엘베강 하구에 있는 도시다.

의미하는데, 많은 역사가가 카를 대제가 한 일은 함부르크의 외연을 단순히 확장한 것뿐이고, 오히려 페니키아 사람들이 함부르크와 알토나를 건설했다고 주장한다. 심지어 그 시기는 소돔과 고모라가 멸망했던 때라는 것이다. 어쩌면 도망친 사람들이 엘베강 하구에 도착했을지도 모르겠다. 풀렌비테 지역과 커피 공장들이 있는 곳 사이에서 베라 16세*와 비르사 10세*가 통치하던 시기에 주조한 옛 동전들이 발견되기도 했다. 나는 함부르크가 과거의 타르테소스*라고 생각한다. 솔로몬이 황금과 은, 상아, 공작, 원숭이를 배에 잔뜩 싣고 출발한 곳이 바로 함부르크인 것이다. 유다와 이스라엘 왕국의 솔로몬 왕은 특히 황금과 원숭이를 좋아했다.

나는 첫 번째 해상 여행을 잊을 수 없다. 어린 시절 늙은 유모가 들려준 물의 요정들이 지금 다시 내 기억 안에서

---

* 베라 16세 : 소돔의 왕이다.
* 비르사 10세 : 고모라의 왕이다.
* 타르테소스 : 기원전 이베리아반도에 있던 왕국으로 스페인의 최대 항구 도시였다. 한글《성경》에는 '다시스'로 표기되어 있다.

날개를 달고 날아다닌다. 나는 몇 시간이고 갑판에 앉아 옛이야기들을 회상했다. 파도치는 소리를 듣고 있으면 유모의 이야기를 듣는 기분이 들었다. 눈을 감아 보았다. 그러자 유모가 내 앞에 생전의 모습으로 앉아 있는 것이 아닌가. 몇 개 남아 있지 않은 치아라든지, 바삐 움직이는 그녀의 입술하며. 그녀는 방랑하는 네덜란드인*에 관한 이야기를 나에게 해 주었다.

나는 하얀색 낭떠러지에 앉아 초록 머리를 빗는 바다 요정들을 보고 싶었지만, 노랫소리만 들렸다.

가끔 투명한 바닷물 속을 집중해서 들여다보지만, 물에 잠긴 도시들을 발견할 수는 없었다. 저주받아 온갖 종류의 물고기가 된 사람들이 깊은 그곳 안에서 신비로운 수중 생활을 영위하고 있다. 화장한 숙녀처럼 창가에 앉은 연

---

* '방랑하는 네덜란드인(Der fliegende Holländer)'은 북유럽의 전설로, 독일의 작곡가 리하르트 바그너(Richard Wagner, 1813~1883)가 1840년 하이네의 이 작품에서 소재를 취해 같은 이름의 오페라 대본과 곡을 썼다.

어와 늙은 가오리가 몸을 일으켜 거리를 헤엄치며 지나가는 시 의원 복장 차림의 대구들을 쳐다보고, 새로 유행하는 옷을 입은 청어들이 오페라글라스로 그들을 꼼꼼하게 관찰하며, 게와 가재를 비롯해 하층 계급에 속하는 갑각류 동물들이 꾸역꾸역 거리를 향해 모여들고 있을 텐데, 하지만 나는 깊은 바다 안의 이러한 풍경을 직접 볼 수 없었다. 울려 퍼지는 종소리만 들을 뿐이다.

밤이 되었을 때 나는 돛을 활짝 펼치고 스쳐 지나가는 커다란 범선을 보았다. 어둠 속에 폭넓은 다홍색 외투를 입고 서 있는 거인을 본 것 같은데, 그가 혹시 방랑하는 네덜란드인이 아닐까?

그런데 나는 도착한 암스테르담에서 그를 실제로 보았다. 잿빛의 네덜란드인을, 하지만 그는 무대 위에 있었다. 그리고 나는 바다에서 부질없는 삶을 영위하던 요정 하나도 암스테르담 극장에서 알게 되었다. 정말 사랑스러운 존재여서 나는 그녀에게 특별히 이 작품의 한 장을 바치려 한다.

7.

 '방랑하는 네덜란드인'은 널리 알려진 전설이다. 떠난 항구로 돌아갈 수 없고, 오래전부터 계속된 항해를 새삼 이어 가며 이리저리 떠도는 저주받은 배에 관한 이야기다. 바다에서 다른 배들을 만나면, 으스스한 분위기의 선원 몇 명이 작은 배를 타고 다가가 한 꾸러미의 편지들을 전해 달라고 부탁한다. 아울러 편지들을 돛대에 단단히 고정해야만 한다고, 그러지 않으면 배에 불행이 닥칠 거라고, 특히 배에《성경》이 없거나 앞 돛대에 편자가 없는 경우에 그렇다고 그들은 말한다. 편지에는 늘 알 수 없는 사람 또는 이미 죽은 사람들의 주소들만 적혀 있다. 사랑 이야기를 담은 편지의 수신인은 원래는 고조할머니였는데, 그녀는 이미 100년 전에 고인이 되었으므로, 증손자가 그 편지를 받는 경우가 있다. 무뚝뚝한 유령들, 끔찍한 몰골의 배 이름은, 언젠가 바다 쪽으로 돌출한 어떤 육지—그 이름을 나는 잊고 말았다—주위를 거센 폭풍이 방해하더라도 배를 타고 돌 것이라고 악마들에게 맹세했던, 그래서 이 세상이 종말에 이르기까지 영원히 항해를 이어 나아가야만 하는 네덜란드인 선장의 이름에서 빌려 온 것이다. 악마는 세상이 끝날 때까지 바다 위를 떠돌아다녀야 한다는 맹세의 언약 중에 허점이 있다는 것을 알고 있었다. 굳센 믿음을 가진 여인에 의해 선장이 구원받을 수 있다는 점이다. 하지만 어리석은 악마는 여자가 남자를 굳게 믿고 의지할 것이라는 사실을 믿지 않았다. 그래서 악마는 저주받은 선장이 7년을 항해하고 나서 한 번쯤은 육지에 오르고, 또한 결혼해도 좋다고 했다. 기회가 된다면 구원을 위해 애를 써 보라는 것이다. 가련한 네덜란드인! 그는 결혼 생활에서 다시 해방되고 자신을 구원한 여인에게서 떠날 만큼 충분히 행복해져서 다시 배에 오른다.

내가 암스테르담에서 본 연극은 바로 이 전설에 바탕을 두고 있었다. 다시 7년이 흘렀고, 가련한 네덜란드인은 끝을 알 수 없는 방랑 속에서 어느 때보다 지쳤다. 선장은 육지에 내린 후 스코틀랜드 출신의 어느 상인과 친분을 맺는다. 그에게서 터무니없이 싸게 내놓은 다이아몬드를 구입한 선장은 고객 가운데 아름다운 딸을 가진 사람이 있다는 이야기를 듣는다. 그는 그녀를 배우자로 삼으려 한다. 자 이제 스코틀랜드인의 집이 보인다. 그리고 소녀는 떨리는 마음으로 신랑을 기다린다. 이따금 그녀는 우수에 잠긴 채 낡고 상처투성이의 커다란 그림을 쳐다본다. 그녀의 방에 걸려 있는 그림은 스페인-네덜란드풍의 민속 의상을 입은 잘생긴 남자를 그린 것으로 가문의 오래된 유물인데, 할머니의 말에 따르면 100년 전, 즉 네덜란드 왕가 오라녜나사우 출신의 빌헬름 왕이 통치하던 시기에 어느 화가가 스코틀랜드에서 방황하는 네덜란드인을 발견하고 모사한 것이라고 한다. 이 그림과 함께 세월이 흘러도 망각되지 않고 전해진 것이 있었으니, 가문의 여성들은 그림의 모델인 네덜란드인을 조심하라는 경고였다. 그러므로 소녀의 가슴속에는 어린 시절부터 이 위험한 남자의 모습이 깊이 새겨져 있었다. 그런데 방랑하는 네덜란드인, 현실 속의 살아 있는 그가 그녀의 방으로 들어온 것이 아닌가. 소녀는 놀라지 않을 수 없었다. 하지만 두려움 때문이 아니었다. 그 역시 초상화를 보고 큰 충격을 받았다. 그림 속 인물이 누구인가를 그녀가 설명해 주자, 그제야 그는 의혹에서 해방될 수 있었다. 그는 미신이라고 웃어넘겼고, 방랑하는 네덜란드인은 대양을 영원히 떠도는 유대인이라고 웃어넘겼다.* 그러나 그는 무의식중에 침울하게

---

* 바그너는 자신의 오페라에서 네덜란드인 선장에게 영원한 방랑의 운명을 지닌 유대인 아하스베루스의 이미지를 새롭게 부여했다. 아하스

가라앉은 목소리로 사막처럼 끝을 알 수 없는 바다에서 겪은 상상할 수 없는 고통에 관한 이야기를 꺼냈다. 그의 몸이 살로 이루어진 관과 다름없다는 것을, 그 안에서 영혼은 지루함에 넌더리가 났고, 그것은 사는 것도 죽은 것도 아니며, 가련한 네덜란드인은 속이 텅 빈 통처럼 파도에 떠밀려 멀리 갔다가 조롱이라도 하듯 다시 그곳으로 떠밀려 돌아오는 신세가 되어 그를 반기지 않는 죽음과 삶 사이에서 이리저리 내동댕이쳐졌다는 것이었다. 그가 체험한 고통은 둥둥 떠다녔던 바다만큼 깊고, 그의 가슴은 닻 없는 배처럼 희망을 잃었다고 했다.

베루스의 불멸과 영원한 방랑은 오직 죽음에 의해서만 종식되는 것이다. 하이네의 작품과 같게 바그너의 오페라에서 네덜란드인 선장은 여인의 충실함과 희생으로 구원될 존재로 그려지지만, 아하스베루스처럼 고통을 끝낼 가능성인 죽음을 동경하는 존재로도 해석된 것이다. 한편 바그너는 반유대주의자로도 널리 알려져 있는데, 당시 대중적 인기를 누리던 유대계 독일 작곡가 마이어베어(Giacomo Meyerbeer, 1791~1864)를 비판하며 쓴 에세이 《음악에서의 유대성(Das Judentum in der Musik)》(1850)에서 그는 자기 파괴를 유대인의 근본 성향으로 규정하며 유대인의 구원은 집단 자살로 가능할 것이라 주장했다. 바그너의 유대인에 대한 이러한 부정적 시각은 이후 '방랑하는 네덜란드인' 소재에 대한 이해와 수용에 지대한 영향을 끼쳤다.

나는 대략 이런 이야기를 하며 신랑이 말을 마쳤다고 생각한다. 신부는 진지한 모습으로 그를 쳐다보면서도 때로 곁눈질하며 초상화를 살폈을 것이다. 신랑이 숨기고 있는 비밀을 그녀가 알아챈 것이다. 그때 신랑이 물었다.

"카타리나, 그대는 나를 버리지 않겠다고 맹세할 수 있소?"

그러자 그녀가 단호하게 대답했다.

"죽는 순간까지 그럴 거예요."

이 대목에서 웃음소리가 들렸다고 나는 기억한다. 그런데 그 웃음은 밑에서, 즉 지옥이 아니라 위에서, 즉 천국에서 들려왔다. 그래서 위를 쳐다보자, 아름다운 하와가 그곳에 있었다. 그녀는 크고 푸른 눈으로 유혹하듯 나를 쳐다보았다. 그녀의 팔은 최고층 관람석 난간에 걸쳐 있고, 손에는 사과가 하나 들려 있었다. 어쩌면 오렌지인지도 모르겠다. 그녀는 상징적으로 과일의 반을 나에게 주는 대신 은유적으로 껍질을 내 머리 위에 던졌다. 고의였을까, 아니면 우연인가? 나는 알고 싶었다. 그래서 그녀와 친분을 쌓기 위해, 적잖이 기이한 모습이긴 했지만, 하얗고 평온한 모습의 그 아가씨를, 아니 지나칠 정도로 희고 연약한 모습의 그녀를, 말하자면 가냘픈 편은 아니지만, 수정처럼 연약한 그녀를 찾고자 천국으로 올라갔다. 그녀는 훌륭한 가정교육을 받은 예쁜 아가씨였다. 단지 윗입술 왼쪽이 살짝 위로 당겨졌다 할까. 아니면 미끄러지듯 움직이는 도마뱀의 꼬리. 비밀에 싸인 알 수 없는 생김새. 그것은 때 묻지 않은 천사와 추악한 악마들 사이에서도 발견할 수 없는 그러한 모습이었다. 그것은 선과 악, 둘 중의 어느 것도 아니었다. 불길한 느낌이 들었다. 그것은 지혜의 사과 때문에 중독된 사람의 미소라고 하겠다. 나는 아가씨의 붉은 입술 생김새를 보면서 내 입술도 경련하듯 떨리는 것을 느꼈다. 입맞춤하고 싶은 달콤한 욕망이 샘솟았다. 사람들 사이의 친화력이 바로 이것일까.

아름다운 아가씨의 귀에 대고 나는 속삭였다.
"아가씨! 그대와 입 맞추고 싶소."
"어머나, 신사님, 정말 좋은 생각이에요!"
그녀는 가슴속에서 우러나온 행복에 젖은 매력적인 목소리로 빠르게 대답했다.

이게 내가 하려 했던 이야기라고 생각한다면, 아니다. 그렇지 않다. 방랑하는 네덜란드인은 이 이야기를 위한 틀에 불과하다고 사람들이 볼 수 있으니, 이제 이런 이야기는 그만두어야 하겠다. 이런 이야기에 희열을 느끼고, 배꼽 근처 아니 더 아래가 무아지경에 빠져드는 내숭 떠는 사람들에게 나는 이렇게 복수하련다. 결국은 이런 이야기를 쓴 작가를 욕하는 사람들이 그들이란 말이다. 여러 사람이 모인 가운데서 작가 이야기를 하며 코를 찌푸리고 그를 부도덕하다고 비방하기 때문이다. 이건 설탕 절임이 잘된 파인애플, 아니면 신선한 철갑상어알 또는 부르군트 송로버섯만큼이나 훌륭한 이야기이고, 예배 시간에 어울리는 읽을거리일 거다. 여하튼 과거의 원한, 과거의 부당한 언행을 꾸짖기 위해 나는 이 이야기를 그만두려 한다. 그러므로 여기에 길게 말바꿈표를 남긴다. ---

말바꿈표는 검은 소파를 의미한다. 바로 그 위에서 내가 말하지 않은 사건이 벌어졌다. 죄 없는 자는 죄진 자 때문에 고통받을 수밖에 없다. 그래서인지 깨끗한 영혼을 가진 사람들이 지금 무언가를 부탁하는 시선으로 나를 바라보고 있다. 좋다. 이 훌륭한 분들을 대상으로, 그들을 신뢰하며 다음 사실을 고백하련다. 나는 여태 금발의 그 네덜란드 아가씨에게서만큼 강렬한 입맞춤을 받아 본 적이 없다. 내가 이제까지 금발 머리와 푸른 눈의 여인에게 품고 있었던 고정관념은 아주 처절하게 깨지고 말았다. 이제야 비로소 알게 되었다. 어째서 그 영국 시인이 숙녀들을 얼어붙은 샴페인과 비교했는지를 말이다.* 얼음처럼 차가운 표면 안으로 뜨거운 에센스가 무엇을 애타게 기다리고 있다고 할까. 미친 듯이 날뛰며 갑자기 활활 타올라 술꾼들을 무기력하게 만들어 버리는, 외적 냉기와 내적 열기의 지독한 대비보다 더 자극적인 것은 없을 것이다. 그렇다. 욕망은 흑갈색 머리의 여인들보다 황금빛 후광으로 빛나는 머리와 천생의 푸른 눈, 그리고 수선화를 닮은 악의 없는 손을 가진 흐릿한 성자의 모습에 더 굴복하기 마련이다. 나는 네덜란드의 최고 가문 출신이고 자위더르해에 있는 멋진 궁전을 벗어나 신분을 숨기고 암스테르담의 극장에서 남자의 머리에 오렌지 껍질을 던진 금발의 아가씨를 알고 있다. 때로 그녀는 선원들이 드나드는 여인숙에서 머리에 껍질을 맞은 남자들과 방탕한 하룻밤을 보내곤 했다. 네덜란드의 메살리나*인 셈이다.

---

* 영국의 대표적인 낭만파 시인 바이런(George G. Byron, 1788~1824)의 풍자시 〈돈 후안(Don Juan)〉(1824)을 말한다.
* 메살리나 : 로마 황제 클라우디우스의 황후로서 성적 방종과 악행을 저지른 인물로 알려졌다.

---내가 다시 극장 안으로 돌아왔을 때 연극은 결말부를 보여 주고 있었다. 높다란 해안의 절벽 위에 방랑하는 네덜란드인의 부인이 절망에 빠져 두 손을 비비며 서 있고, 바다에 떠 있는 으스스한 분위기의 배 갑판에는 그녀의 불행한 남편이 있다. 그는 끔찍한 자신의 운명을, 그를 괴롭히는 무시무시한 저주에 관한 이야기를 그녀에게 털어놓았다. 하지만 그녀는 큰 소리로 외친다.

"저는 바로 이 순간까지 당신에 대한 믿음을 저버리지 않았어요. 그리고 당신에 대한 나의 믿음을 죽을 때까지 지킬 수 있는 가장 확실한 방법을 알고 있어요!"

이 말과 함께 헌신적인 여인은 물속으로 뛰어들었다. 그러자 방랑하는 네덜란드인의 저주가 풀렸다. 그는 구원된 것이다. 유령 모습의 배는 심연으로 가라앉기 시작했다.

이 작품의 교훈은 무엇일까, 여성들이 새겨들어야 할 것이 있다면, 그것은 방랑하는 네덜란드인과 결혼을 하면 안 된다는 것이고, 우리 남자들이 알아야 할 것은, 여자들 때문에 남자들은 어쨌든 몰락할 수 있다는 거다.

8.

 하지만 암스테르담에서 금발 여인들에 대한 나의 편견이 부서진 것은 온정을 베푼 신들 때문만은 아니었다. 네덜란드의 다른 지역에서도 나는 품고 있던 과거의 오해들을 여러분에게 들려줄 수 있다. 그렇다고 내가 다른 나라 여인들에게는 관심을 기울이지 않고 오직 네덜란드 여인만을 이 작품에 등장시키려 한다고 여러분들이 생각한다면, 나는 분명히 아니라고 말하고 싶다. 그런 부당한 짓을 하지 않도록 하늘이여 도와주소서. 그런 일을 내가 한다면, 나는 배은망덕한 사람이 될 것이다. 나라마다 고유의 음식이 있고, 또한 특별한 여성성이 있기 마련이다. 말하자면 취향의 문제라는 것이다. 어떤 사람은 구운 닭 요리를 좋아하고, 어떤 사람은 구운 오리 요리를 좋아한다. 내 경우를 말하자면, 나는 구운 닭 요리와 오리 요리 모두를 좋아한다. 아울러 거위도 빼놓을 수 없다. 고상하고 이상적인 관점에서 보건대, 세상의 모든 여인은 그 나라의 요리와 유사한 점이 있다. 영국 미인들은 건강할 뿐만 아니라 잘 발육되었으며, 강건하고 한결같으며, 화려하게 꾸미지 않았지만 오래된 영국의 좋은 요리만큼이나 훌륭하다. 이를테면 구운 쇠고기, 구운 양고기, 불붙은 코냑을 곁들인 푸딩, 물에 데친 채소, 그리고 두 가지 소스를 빼놓을 수 없는데, 둘 중 하나는 버터를 녹여 만들었던가? 프리카세,* 푸드득 날아갈 듯 가볍게 부풀어 오른 볼오방,* 알코올이 많이 들어간 라구*가 훌륭하다고 하지만, 영국의 요리들도 이에 못지않다. 수천 가지 종류의 재료로 구멍을 채워 만든 것, 삶거나 겹겹이 쌓아 올린 요리, 구운 것, 설탕에 절인 것, 자극적인 것, 화려하게 꾸미거나 풍부한 느낌과 감각을 가진 요리들, 말하자면 프랑스 식당에서 볼 수 있고 아름다운 프랑스 여인들과 상당할 정도로 유사한 요리들도 이보다 더 좋다고 할 수 없다. 하지만 우린 드물지 않게 원래의 음식 재료가 단지 부차적인 것으로 간주된다는 것을 알아채는 경우가 있다. 예컨대 구워진 재료들이 소스보다 덜 중요할 때가 있다는 것인데, 취향이라든지 우아함과 세련미가 중요하다는 것을 말하는 것이다. 이탈리아 요리에서 발견할 수 있는 노란색의 기름진 요리라든

* 프리카세 : 닭 등의 얇게 저민 고기 조각으로 만든 스튜다.
* 볼오방 : 고기 등을 채워 넣어 만든 퍼프 페이스트리다.
* 라구 : 으깬 고기에 채소를 섞어 볶은 후 포도주나 육수를 부어 익힌 소스다.

가 열정을 불러일으키는 향료, 그리고 익살맞은 장식을 보라. 애타게 그리워하도록 만드는 이 이상적인 요리들은 바로 이탈리아의 미인들이 가지고 있는 특징이기도 하다. 오, 가끔 롬바르디아 지방의 스티파도*와 탈리에리니,* 그리고 토스카나의 매혹적인 브로콜리가 그리울 때가 있다. 모든 요리가 올리브기름 안에서 느긋하고 부드럽게 헤엄친다. 부드럽게 떨리며 울려 퍼지는 로시니*의 달콤한 노래가 들리는구나. 그런데 양파 냄새 때문에 눈물이 난다. 그리워라! 하지만 여러분은 마카로니를 드실 때 손가락을 이용해야만 한다. 마카로니가 이렇게 말하기 때문이다. 베아트리체!

이탈리아에 관한 것이라면 나는 좀 자주 생각하는 편이다. 그것도 밤에. 그제 꿈도 그랬다. 나는 이탈리아에 있었고 어릿광대의 화사한 옷차림으로 빈둥거리며 수양버

---

* 스티파도 : 소고기 스튜다.
* 탈리에리니 : 리본 모양의 파스타면이다.
* 로시니 : 이탈리아의 오페라 작곡가인 조아키노 로시니(Gioacchino A. Rossini, 1792~1868)를 가리킨다.

들 아래에 누워 있었다. 나무의 늘어진 가지들이 길고 예쁜 마카로니로 변해 내 입안으로 떨어졌다. 마카로니 나뭇잎 사이로 보이는 것은 햇살이 아니었다. 녹아 흐르는 버터였다. 마지막에 가서는 높은 곳에서 하얀 파르메산 치즈 가루가 떨어졌다.

아! 꿈에서도 갈망하는 마카로니라면 절대로 질리지 않을 것이다. 베아트리체!

독일 음식에 관해서는 할 말이 없다. 독일 음식은 있을 법한 모든 덕목을 다 갖추고 있다. 단 하나 유일한 단점이 있긴 한데, 그것을 말하지는 않을 테다. 빵 제조 기술에는 감성이 듬뿍 들어 있지만 모호한 측면이 있고, 독일인들은 달걀 요리를 사랑하며, 증기로 찌는 면 요리에도 탁월한 실력을 갖추었다. 보리 낟알이 들어 있는 야채수프, 사과와 베이컨이 들어간 팬케이크, 깔끔한 가정식 감자 경단 요리와 절인 배추는 특히 소화에 도움을 준다.

이제 네덜란드 요리에 관해 말해 보자. 독일과 분명한 차이를 보여 주는 요리들이다. 우선은 정결함에서 그렇고, 다음은 네덜란드 요리가 더 달콤하다는 점에서 그렇다. 무엇보다 생선 조리에 관한 것이라면, 말로 형용할 수 없는 애정을 느낄 수 있다. 내적으로 깊은 감동을 맛볼 수 있고, 동시에 깊고 진한 셀러리의 향을 느낄 수 있다. 강한 자부심을 가진 사람의 소박함이라 할까. 마늘 역시 많이 사용한다. 흠잡을 것이 있다면, 그들이 플란넬 소재의 속옷을 입는다는 점이다. 생선을 말하는 게 아니고, 바다로 둘러싸인 네덜란드의 아름다운 딸들 말이다.

하지만 네덜란드에 도착했을 때 먹은 음식은 정말 형편없었다. 함부르크 공화국이 내 입맛을 까다롭게 만든 것인지. 그곳의 음식을 나중에 다시 한번 더 칭찬해야만 할 것 같다. 그리고 이 자리를 빌려 또다시 아름다운 함부르크 아가씨들과 여인들을 칭찬하련다. 첫 4주 동안 나는 훈제 고기와 함모니아 자라 수프를 애타게 그리워했다. 내 가슴과 위가 시달렸다. 붉은 암소라는 이름의 여관 여주인이 나에게 빠져들었기 망정이지, 어쩌면 그리움에 지쳐 나는 죽었을지도 모른다.

붉은 암소 여관 여주인 만세!

그녀는 땅딸막했다. 배는 매우 크고 포동포동하며 얼굴

은 작고 동그스름했다. 그녀의 뺨은 붉었고, 눈은 푸른 편이었다. 장미와 제비꽃처럼. 우리는 몇 시간이고 정원에 앉아 시간을 보냈으며, 진짜 중국 도자기로 만든 찻잔에 차를 담아 마셨다. 그곳은 아름다운 정원이었다. 사각형과 삼각형 모양으로 만들어진 화단은 대칭을 이루며 균형이 잘 잡혀 있고, 그 위로 사금과 주홍색 모래, 그리고 빛을 받아 반짝이는 작은 조개들이 흩뿌려져 있었다. 나무들의 줄기는 붉고 푸른색으로 칠이 되어 있었고, 구리로 만든 새장 안에는 카나리아들이 가득했다. 고가의 땅속줄기 식물들은 화려하게 채색된 여러 화분에 담겨 있다. 주목들은 매우 아름답게 꾸며졌는데, 오벨리스크와 피라미드, 꽃병, 동물 모양을 한 것들도 있었다. 한쪽 구석에 있는 초록색 황소 형태로 잘라 꾸민 한 그루의 주목은 내가 붉은 암소 여관의 귀여운 여주인을 포옹하면 질투심이 이는 듯 나를 노려보았다.

붉은 암소 여관 여주인 만세!

여주인은 금도금이 들어간 긴 차양의 프리슬란트풍 모자를 썼고, 화려한 꽃무늬를 넣어 만든 치마는 거의 배 전체를 덮어 무장한 것 같으며, 그녀의 팔을 뒤덮은 하얀색의 풍성한 브라반트식 레이스는 꽤 묵직해 보였다. 그녀의 모습은 중국 도자기에 그려져 있는 여신들처럼 환상적인 모습의 중국 인형 같다는 생각이 들 정도였다. 내가 감탄한 나머지 그녀의 두 뺨에 요란한 소리를 내며 입을 맞추자, 그녀는 도자기처럼 경직되어 도자기처럼 속삭였다.

"신사님!"

정원에 핀 튤립들도 이 장면을 보고 감동한 나머지 함께 탄식하는 것 같았다.

"신사님!"

이러한 미묘한 관계로 인해 나는 맛있는 음식을 맛볼 수 있었다. 애정 행각이 이 훌륭한 여주인이 매일 내 방으로 보내 주는 음식 바구니의 내용물에 큰 영향을 미쳤기 때문이다. 내 방에서 함께 식사하는 여섯 명의 대학생은 어린 송아지 구운 고기 또는 소 등심 구이 요리를 맛보며 그녀, 즉 붉은 암소 여관 여주인이 나를 얼마나 사랑하는지를 알 수 있었을 것이다. 그래서 음식이 형편없을 때면 그들이 내게 퍼부은 굴욕적인 조롱을 나는 감수할 수밖에 없었다. 그들은 이렇게 떠들어 댔다.

"슈나벨레봅스키의 초라한 모습을 봐라. 얼굴은 누런 주름살투성이고, 풀 죽은 눈만이 껌벅이고 있다. 머리에서 눈을 뽑기라도 한 듯 역겹다. 이상한 일이 아니지. 우리

주인이 저 친구에게 신물이 났고, 그래서 우리에게 이런 형편없는 음식을 보내고 있다."

또는 이렇게 말했다.

"맙소사, 슈나벨레봅스키는 하루하루 메말라 가고 있다. 결국 우리 여주인의 사랑을 잃은 것이다. 그렇다면 이제부터 우리는 오늘처럼 나쁜 음식만 먹게 되겠지. 왕성한 혈기의 모습을 되찾도록 우리가 이 친구를 잘 먹여야만 한다."

그러면서 그들은 쓰레기와 다름없는 온갖 음식들을 내 입에 처넣었고, 지나칠 정도로 많은 셀러리를 먹으라고 나에게 강요했다. 빈약한 음식들이 연일 계속되자, 그들은 여주인의 가슴을 다시 활활 불타오르게 만들라고, 부드럽게 그녀를 다루는 기술을 더 능숙하게 발휘하라고, 말하자면 모두가 행복을 누릴 수 있도록 내 한 몸을 희생하라고 나를 괴롭혔다. 그들은 길게 말을 이으며 동료들의 안녕을 위해, 이를테면 오래되어 녹슨 못이 박힌 통 안으로 들어간 레굴루스,* 또는 미노타우로스*의 굴 안으로 용감하

---

* 레굴루스 : 고대 로마의 정치인이자 장군이다.
* 미노타우로스 : 그리스 신화에 등장하는 상반신은 인간, 머리와 하반신은 황소의 모습을 한 괴물이다.

게 들어간 테세우스*처럼—그들은 후에 리비우스*와 플루타르크 등에 의해 영웅으로 언급되었다—영웅적으로 자신의 안위를 포기하는 일이 얼마나 고귀하며 값진 것인가를 나에게 설명했다. 나 역시 벽에 영웅들의 행적에 관한 그림을 그리는 동료들의 모습을 보면서 상당히 자극을 받았던 것 같다. 하지만 기괴한 느낌도 없잖아 있었는데, 그들이 그린 미노타우로스가 여관 간판에 그려진 붉은 암소 같았고, 카르타고의 못 박힌 통은 여주인의 몸 같았기 때문이다. 여하튼 이 배은망덕한 친구들은 훌륭한 성품을 가진 여주인의 외모를 끝없이 장난의 대상으로 삼았다. 그들은 사과나 빵 부스러기를 반죽해서 여주인의 형상을 만들곤 했다. 작은 사과는 그녀의 머리가 되었고, 그녀의 배를 의미하는 커다란 사과 위에 놓였다. 그리고 그녀의 다리라고 그들이 주장하는 두 개의 이쑤시개 위에 다시 얹혔다. 그리고 작은 인형도 하나 만들었는데, 그들은 나를 의미하는 것이 분명한 이것을 커다랗게 반죽이 된 여주인 인형 위에 놓으며 형편없는 비유를 일삼았다. 한 녀석은 이 작은 인형

---

* 테세우스 : 그리스 신화의 영웅이다.
* 리비우스 : 고대 로마 역사가다.

이 알프스산맥을 오른 한니발*이라고 했고, 다른 녀석은 카르타고의 폐허에 앉아 있는 마리우스*라며 그의 주장을 반박했다. 내가 알프스산맥에 오르지 않았더라면, 또는 카르타고의 폐허에 내가 앉아 있지 않았더라면, 아마도 한솥밥 먹는 이 친구들은 늘 형편없는 식사를 했을 것이다.

9.

구운 고기 요리가 맛이 없을 때면, 우리의 대화는 신의 존재에 관한 토론으로 이어졌다. 그러나 사랑하는 주님을 따르는 사람은 늘 많았다. 동숙인 중 세 명은 무신론자였지만, 식사 후 맛있는 치즈를 디저트로 먹을 때처럼, 우리는 기꺼이 설득당할 준비가 되어 있었다. 가장 신앙심 깊은 이신론*자는 꼬맹이 삼손이었다. 그는 꺽다리 판 페터

---

* 한니발 : 카르타고의 영웅, 코끼리 부대를 이끌고 알프스를 넘었고 로마 제국을 공포에 떨게 했다.
* 마리우스 : 고대 로마 공화정의 군인이자 정치가다.
* 이신론 : 18세기 계몽주의의 영향을 받은 합리주의 신학의 종교관이

와 함께 신의 존재에 관한 토론을 할 때 몹시 화를 내곤 했는데, 그때마다 그는 방을 이리저리 걸어 다니며 이렇게 소리 질렀다.

"주님을 두고 그렇게 말할 수는 없단 말이야!"

마른 체구의 프리슬란트 출신인 꺽다리 판 페터는 네덜란드 수로의 물처럼 잔잔한 영혼의 소유자였다. 말이 끄는 배처럼 그의 말은 느리고 늘어졌으며 토론할 때 그가 자주 제기하는 주장은 당시 많은 사람의 관심을 끌던 독일 철학에서 빌려 온 것이었다. 그는 사랑하는 주님에게 개인으로서의 현존이라는 특성을 부여하는 편협한 생각을 비판하고 그런 말을 하는 사람들을 조롱했다. 심지어 그는 그들에게 신성 모독의 죄를 뒤집어씌웠다. 지혜, 정의, 사랑 그리고 그와 유사한 인간의 특성들을 부여하며 주님을 오인하는 죄를 지었다는 것이다. 이러한 특성들로 주님을 거론하는 것은 무례한 일인데, 이것은 인간의 나약함을 부정하기 위한, 말하자면 인간의 어리석음이라든지, 정의롭지 못함, 그리고 증오에 반대되는 것에 불과하다는

다. 신의 존재는 인정하지만, 초자연적 계시에 대한 믿음은 부정했다. 이신론은 추후 무신론 사상으로도 발전했다.

것이었다. 하지만 판 페터가 자신의 범신론*적 견해를 주장할 때면, 우트레히트 출신이며 피히테*에 열광했던 뚱보 드릭센이 나서서 반박하였다. 자연에 내재하며 늘 현실 공간에 존재한다는 판 페터의 비교적 막연한 주장에 그는 솜씨 있게 혹평을 가할 줄 아는 사람이었다. 이를테면 그는 이렇게 공격했다. 우리가 단순히 신의 현존에 관해 이야기한다고 할지라도, 이 현존 또는 존재한다는 것은 특정의 공간, 즉 어떤 실체를 전제하는 개념이라는 것, 그러므로 신에 관한 언급은 신성 모독이다. 신, 즉 가장 순수한 형태의 존재는 인간의 감각을 통해 이루어지는 온갖 편협한 시도와 무관한 사유의 대상이 될 수 있는데, 신을 사유하려면 실체가 될 수 있는 모든 것들을 초월해야만 하고, 신을 어떤 연장의 형태로도 보아서는 안 되며, 존재하는 것들의 질서로 간주해야만 한다는 것이 그의 주장이었다.

---

* 범신론 : 세상 만물에 신이 내재한다고 보며 신과 자연을 동일시하는 사상 및 이론이다.

* 피히테 : 독일의 철학자 요한 고틀리프 피히테(Johann Gottlieb Fichte, 1762~1814)를 가리킨다. 모든 것을 결정하는 주체를 자아로 본 피히테는 심지어 신학 안에서도 모든 것은 자아의 소산이자 결과물이라고 주장했다. 흔히 그의 철학을 주관적 관념론으로 부른다.

결국 신은 존재가 아니며, 순수한 행위라는 것이고, 모든 감각을 초월하는 세계 질서의 원칙이 된다.

이런 종류의 말을 들을 때마다 꼬맹이 삼손은 분노를 터뜨렸다. 그리고 사납게 방 안을 빙빙 돌며 큰 소리로 외쳤다.
"오 주님! 주님을 두고 할 수 있는 말이 아닙니다. 오 주님!"
나는 그가 피히테 추종자인 풍보를 몽둥이로 때릴 거라는 생각을 했다. 주님의 명예를 지키기 위해, 그가 가느다란 팔의 소유자가 아니었다면 말이다. 그가 실제로 덤빈 때도 있었다. 하지만 그럴 때마다 풍보는 진정할 때까지 꼬맹이 삼손의 두 팔을 꽉 잡고 자신의 이론 체계를 아주 차분하게 파이프를 문 입으로 설명했다. 그의 보잘것없는 주장이 자욱한 담배 연기와 함께 삼손의 얼굴로 뿜어져 나오면 꼬맹이 삼손은 연기와 분노 때문에 거의 질식할 지경이었다. 겁에 질린 그는 작은 목소리로 도움을 청하듯 흐느낄 수밖에 없었다.
"오 주님! 오 주님!"
그러나 주님은 도와주시지 않았다. 꼬맹이가 주님을 위해 싸우고 있는데도 말이다.

신의 이러한 무관심에도 불구하고, 또한 신께서 보여 주신, 거의 인간의 속성이라 할 배은망덕에도 불구하고, 꼬맹이 삼손은 변함없이 이신론의 승자였다. 그의 성향을 미루어 볼 때 그렇다고 나는 생각한다. 그의 조상들이 신의 선민에 속하기 때문이다. 어떤 민족이냐 하면, 언젠가 신께서 특별한 사랑으로 감싸셨던 그 민족, 그래서 지금까지도 사랑하는 신을 충직하게 따르는 그 민족 말이다. 유대인들은 항상 그리고 최고로 순종적인 이신론자들이다. 그들은 꼬맹이 삼손처럼 프랑크푸르트와 같은 비교적 자유를 만끽할 수 있는 도시에서 태어난 사람들이다. 그들은 정치적 사안에 관해서는 공화주의자처럼 생각한다. 하지만 오물 속에서 뒹구는 과격한 공화당원처럼, 그들이 종교 문제로 곤란한 상황에 부닥치면, 항상 그들이 믿는 여호와에 복종하는 하인과 같은 태도를 보인다. 그 신은 오랜 세월 동안 존재해 온 물신이다. 같은 족속에는 조금도 관심을 보이지 않지만, 자신은 순결한 정신으로 화려하게 치장한 신이 바로 그것이다. 이 순수한 정신의 신, 즉 천상의 은총을 입은 벼락부자들은 도덕적으로 무장하고, 범세계주의를 표방하며, 다방면에 관한 지식을 갖춘 교양인이지만, 가난한 유대인들에 대한 혐오를 은밀하게 즐긴다. 가난한 유대인들은 세련

되어지기 전의 그를 알고 있고, 매일 유대 회당에서 만나며 유대인임에도 모호한 그의 민족성을 잘 기억하는 사람들이다. 어쩌면 신도 자신이 팔레스타인 출신이고, 한때 아브라함, 이삭, 야곱의 신이었으며, 당시 여호와로 불렸던 사실을 더는 알고 싶어 하지 않을 거다.*

---

* 하이네의 유대교에 대한 견해는 모순적이다. 세속적 유대인 가정에서 성장하고 서구 교육을 받았으며 서구 사회에 안착하기 위해 개명과 개종을 감행한 하이네는 당대 동화 유대인의 모습과 크게 다르지 않았다. 그러나 그는 유대교의 긍정적 요소들을 강조하기도 했다. 그는 예수, 모세 등의 선지자를 찬양했고, 메시아의 존재를 긍정적으로 재해석했으며, 유대인의 해방을 주장했던 모제스 멘델스존을 높이 평가했을 뿐만 아니라 디아스포라 상황 속의 유대 민족의 고난과 역사적 의미를 깊게 성찰했다. 특히 말년의 그가 병상에서 보여 준 유대교에 대한 접근은 유대교가 그에게 평생 떼어 놓을 수 없는 삶의 요소라는 것을 알게 해 준다. 한편 하이네의 유대교에 대한 긍정적 시각은 제도로서의 종교가 아닌 개인성과 주관성 위에서 구축된 것이었다. 그것은 세속적 유대인들의 일반적인 딜레마, 즉 독일인-유대인이라는 이중적 정체성의 문제에서 파생된 전통에 대한 뒤늦은 관심과 자신의 존재에 대한 인식에서 비롯된 혼돈 속의 종교성으로 규정할 수 있을 것이다. 이러한 맥락에서 위 유대교와 유대인에 대한 하이네의 풍자를 한탄과 조롱보다는 현대 유대인의 현 존재에 대한 자조 또는 반성의 성찰로 봐야 할 것이다.

10.

　꼬맹이 삼손에 관한 이야기를 하는 것은 나에겐 고통스러운 일이다. 하지만 어쩔 수 없이 해야만 할 것 같다. 자주 내가 관찰했던 동숙인 중에 또 다른 사람이 있다. 판 묄렌이라고 하는 친구다. 나는 그의 아름다운 얼굴을 몇 시간이고 쳐다볼 수 있다. 그의 얼굴을 보고 있노라면, 그의 여동생이 머릿속에 떠오른다. 물론 그녀를 나는 한 번도 본 적이 없지만, 그녀가 물 많은 이 나라에서 가장 아름다운 여인이라는 사실쯤은 알고 있다. 판 묄렌 역시 아름다운 인간의 모습을 하고 있다. 아폴로 같다고 할까. 대리석으로 만든 아폴로 말고, 치즈로 만든 아폴로. 그는 내가 만난 사람 중에서 가장 완벽한 모습의 네덜란드 사람이다. 용기와 무기력함이 뒤섞인 기이한 모습. 언젠가 한번 그가 카페에서 어떤 아일랜드 사람에게 몹시 화를 낸 적이 있다. 가방에서 권총을 꺼낸 그 사람이 곧바로 그에게 총을 쏘았기 때문이다. 총알은 그가 입에 물고 있던 토기로 만든 파이프를 맞춰 떨어트렸다. 그때 판 묄렌은 치즈처럼 아무런 동요 없이, 또한 관심 없는 얼굴로 침착하게 이렇게 말했다.

"얀, 여기 새 파이프를 줘요!"

웃고 있는 그의 표정이 불길했다. 웃을 때 드러난 그의 작은 치아들은 생선의 등뼈처럼 보였다. 그가 커다란 황금색 귀걸이를 차고 다니는 것도 나는 혐오했다. 그뿐이 아니다. 그는 매일 집에서 가구의 위치를 바꾸는 괴상한 습관을 지니고 있었다. 그의 집을 방문할 때면 그가 서랍장을 침대가 있던 자리로 옮기거나 책상을 소파가 있던 자리로 옮기는 일에 몰두하고 있는 장면을 볼 때가 많았다.

이런 면에서 꼬맹이 삼손은 그와 반대로 극단적으로 소심한 유형의 사람이라고 말할 수 있다. 그는 자신의 방에 있는 사소한 것도 다른 사람들이 다른 위치로 옮기는 것을 싫어했다. 사소한 것, 이를테면 초의 심지를 자르는 가위에 어떤 사람이 손을 대면, 벌써 그의 얼굴에는 불안한 기색이 확연하게 드러났다. 모든 것은 원래의 자리에 놓여 있어야만 했다. 그럴 이유가 있긴 했다. 가구라든지 그가 가지고 있는 물건들은 모두 역사 연도 또는 철학적 명제들을 기억 속에 자리 잡도록 하기 위한 목적에서 기억술의 규칙을 따른, 말하자면 기억력 보존을 위한 보조 수단이었다. 언젠가 그가 외출한 사이에 하녀가 낡은 상자를 방 밖으로 옮기고, 셔츠라든가 양말을 세탁하기 위해 서랍장에서 꺼낸 적이 있었다. 집에 돌아온 그가 안정을 찾을 수 없었던 것은 당연한 일이다. 그는 이제 아시리아 역사에 관해서는 아무것도 기억하지 못하고, 공들여 수집했던 영혼 불멸에 관한 사실의 입증도 더는 불가능하다고 주장했다. 서랍들 안에 체계적으로 분류되어 있던 것들이 모두 빨래 더미에 던져졌기 때문이다.

레이덴에서 뮐렌 덕분에 알게 된 그의 먼 친척 판 데어 피센은 가장 독특한 인물 중 하나일 것이다. 나는 대학에서 신학 교수로 재직하고 있는 그가 개설한 솔로몬의 찬미가와 〈요한 계시록〉에 관한 강의를 수강한 적이 있다. 그는 대략 35세의 잘생기고 생기발랄한 사람이지만, 강단에 오르면 진지하고 신중했다. 언젠가 내가 그를 방문했을 때였다. 거실에 사람이 없는 것을 알고 두리번대던 나는 반쯤 열린 작은 방의 문틈 사이로 놀라운 광경을 보게 되었다. 그 작은 방은 반쯤은 중국풍, 반쯤은 퐁파두르풍의 프랑스 분위기로 꾸며져 있었고, 벽에는 황금색으로 빛나는 무늬가 잔뜩 들어간 다마스쿠스 직물 카펫이 걸려 있었으며, 바닥에는 값비싼 페르시아 카펫이 깔려 있었다. 방 안 여기저기에 멋진 것이 많았다. 자기로 만든 불좌상이라든가, 진주모, 꽃, 타조 깃, 보석으로 만든 장난감들이 방 안에 즐비했다. 붉은색의 비로드 천으로 만든 안락의자들에는 황금색 작은 술들이 달려 있었는데, 그중 하나가 특별히 높이가 높았다. 마치 권좌처럼 보인다고 할까. 바로 그곳에 대략 세 살 정도로 보이는 작은 소녀가 앉아 있었다. 소녀는 푸른색과 은색으로 수가 놓인 공단 천의, 하지만 옛 프랑켄 지방 스타일의 옷을 입고 있었다. 그리고 한 손은 왕홀을 쥐고 있는 것처럼 부채 모양으로 펼쳐진 화려한 공작의 깃을, 다른 손은 건조된 상태의 월계관을 높이 치켜들고 있었다. 바로 소녀의 앞, 바닥 위에서 신사 판 데어 피셴이 작은 체구의 흑인과 푸들, 그리고 원숭이와 뒹굴고 있었다. 반면 이 넷이 서로를 물어뜯고 있는 동안에 어린 소녀와 지팡이 위에 앉은 초록색 앵무새는 끊임없이 잘한다는 말을 외치고 있었다. 이윽고 신사가 바닥에서 일어났다. 그리고 아이 앞에 무릎을 꿇더니 엄숙한 어조의 라틴어로 적을 싸워 무찌른 자신의 용기를 자랑하기 시작했다. 그리고 아이가 월계관을 그의 머리 위에 씌워 주었다.

"잘한다! 멋있다!"

아이와 앵무새가, 그리고 이제 방에 들어선 내가 외쳤다.

신사는 불쑥 들어온 내가 그를 놀라게 한 것 때문에 약간 당황한 것 같았다. 훗날 사람들이 나에게 말했듯이, 이 짓을 그는 매일 했다. 매일 그는 작은 흑인과 푸들, 그리고 원숭이와 싸워 이긴다는 것이었다. 그리고 매일 그에게 건조된 월계관을 씌워 주는 그 소녀는 그의 친딸이 아니고 암스테르담 보육원에서 데리고 온 고아였다.

11.

레이덴에서 내가 묵었던 집은 한때 내가 라파엘만큼이나 위대한 인물로 존경하던 위대한 화가 스테인*이 거주하던 곳이다. 얀은 신앙심이 두터운 사람으로도 잘 알려진 위대한 화가였다. 특히 고통으로 상징되는 종교의 특성이 사라졌을 때 사람들은 그 점을 잘 알 수 있었다. 기쁨으로 받아들일 수 있는 종교가 이 세상이라는 장미 다발로부터 음울한 분위기를 풍기는 꽃을 골라 폐기하듯이 말이

---

* 스테인 : 네덜란드의 화가 얀 스테인(Jan H. Steen, 1626~1679)을 말한다.

다. 그러면 꾀꼬리는 오랫동안 감출 수밖에 없었던 감동적인 노래를 비로소 지저귈 수 있는 것이다.

하지만 얀의 그림에 등장하는 즐겁게 환호하듯 노래 부르는 꾀꼬리는 이 세상에 없을 것이다. 얀만큼이나 이 세상이 축제가 열리는 시장처럼 되어야 한다고 생각할 사람도 없을 것이다. 얀은 우리의 삶이라고 하는 것은 신이 남겨 놓은 화려한 색의 입맞춤이라고 생각했다. 성령은 빛과 웃음을 통해 가장 장엄하고 멋지게 현현할 것이라는 사실을 그는 알고 있었다.

그의 눈웃음이 빛 안으로 들어가고, 빛은 웃는 눈에 반사되어 반짝인다. 얀은 항상 착하고 사랑스러운 어린아이의 심성을 견지하고 살았다. 레이덴에 사는 한 늙고 엄격한 목사가 난롯가의 얀 옆에 앉아 자유분방한 그의 삶과 경박하고 기독교에 어울리지 않는 덧없는 생활, 즉 술을 좋아하는 습관, 무절제한 살림살이, 은밀하게 본성으로 자리 잡은 쾌락 추구에 관해 긴 시간 동안 훈계한 적이 있었다. 얀은 꼼짝하지 않고 두 시간 동안 그의 훈계를 들었다. 긴 훈계의 설교를 듣는 그에게서 참지 못하고 안달하는 모습은 찾아볼 수 없었다. 딱 한 번 짧게 목사의 훈계를 중단시켰을 뿐이다.

"네, 목사님, 조명을 더 받으면 좋을 것 같아요. 목사님 이쪽으로, 의자를 조금 더 난로를 향해 돌려 보세요. 그러면 목사님의 얼굴 전체가 난롯불의 붉은 빛을 받아 빛나게 될 거예요. 몸의 다른 부분은 어두운 그림자 안에 그대로 놓아두시고요."

목사는 불같이 화를 내며 자리에서 일어나 떠나 버렸다. 얀은 곧바로 팔레트를 잡고 엄격한 노신사의 모습을 그리기 시작했다. 모델은 떠나 버렸지만, 훈계하던 목사의 모습 그대로였다. 그림은 훌륭했다. 레이덴의 내 침실에 걸려 있는 그림이 바로 그것이다.

네덜란드에서 얀 스테인의 그림들을 보면서 나는 내가 그의 삶 전체를 잘 아는 사람인 것 같다고 생각했다. 그렇다고 할 수 있을 것이다. 그의 일가 전체를 나는 알고 있다. 그의 배우자와 아이들, 그의 어머니, 친척, 그리고 일가의 적과 그 밖의 구성원들까지. 직접 대화를 나누어 본 것처럼 나는 그들 한 사람 한 사람을 잘 알고 있다. 하지만 내가 이 사람들과 인사를 나눈 것은 모두 그의 그림을 통해서다. 말하자면 그의 그림들을 수집하는 것은 화가에 관한 자서전을 읽는 것과 다름이 없다. 얀은 단 한 번의 붓

터치를 통해 영혼 깊은 내면의 비밀을 표현할 때가 있다. 그래서 나는 얀의 배우자가 그의 잦은 술자리를 비난했을 것으로 생각한다. 주님 공현 대축일*을 기념하며 그린 그림을 관찰해 보면 알 수 있는데, 얀이 가족과 함께 테이블에 앉아 있는 그림에서 그의 배우자는 커다란 포도주 항아리를 손으로 잡고 있다. 그녀의 눈은 마치 여자 술꾼의 그것처럼 보인다. 훌륭한 부인이라면 결코 포도주를 그렇게 많이 즐기지 않을 텐데 말이다. 장난꾸러기 얀은 우리에게 이렇게 말하려는 것 같다. 그가 아니라 그의 부인이 음주를 더 즐긴다고 말이다. 그래서 그런지 몰라도 그림 속의 그가 더 유쾌한 표정을 짓고 앉아 있는 것처럼 보인다. 그는 행복한 것이다. 가족 가운데 그가 앉아 있고, 작은아들은 왕의 차림을 하고 있다. 금박을 입힌 왕관이 의자 위에 놓여 있고, 얀의 어머니인 노부인은 주름살투성이의 얼굴이지만 흡족한 미소를 지으며 막내 손자를 안고 있다. 악사는 축제 분위기의 경쾌한 멜로디를 연주하고, 검소하고 신중하며 마지못해 미소를 지었을 것이 분명한 이 가정

---

* 주님 공현 대축일 : 동방박사들이 아기 예수를 찾고 경배하며 그리스도가 세상의 빛으로 계시가 됐음을 축하하는 기독교 교회력의 절기다.

의 주부는 추측해 보건대 후세대에 술에 잔뜩 취한 사람으로 고쳐 그려졌을 것이다.

나는 레이덴에서 살았던 시절의 집을 자주 회상하는 편이다. 출중한 화가 얀이 그곳에서 삶을 보내고 여러 고통스러운 일들을 경험했을 것이 분명한, 그 가정 안에서 일어나는 장면들을 나는 몇 시간이나 상상할 수 있었다. 그러다 보니 때로 이젤 앞에 앉은 그가 커다란 항아리의 손잡이를 잡는 모습을 내가 직접 본 것만 같다.
"그는 생각에 잠겨 술을 마셨고, 어떨 때는 술만 마시기도 했지."

그는 침울한 가톨릭교에 등장하는 유령이 아니었다. 매우 현대적이고 밝은 기쁨의 정령이었다. 죽음 이후에도 그림을 그리고 술을 마시기 위해 자신의 옛 아틀리에를 방문한 정령 말이다. 바로 그러한 유령들만이 우리 후예들을 밝은 대낮에 관찰할 수 있을 것이다. 태양은 뿌연 창문을 통해 우리를 기웃거리고, 종탑에서는 어둡고 둔탁한 종소리가 아닌, 태양 빛에 붉게 물들고 작렬하듯 환호하는 트럼펫 소리가 기분 좋은 정오의 시간을 알리고 있다.

얀 스테인을 회상하는 시간이 나에겐 최고였다. 아니 어쩌면 레이덴의 내 집에서 찾을 수 있는 유일하게 좋은 것이었다. 이렇게 기분 좋은 자극이 없었더라면, 그 집에서 나는 8일 이상을 버텨 내지 못했을 것이었다. 집의 외형은 처참할 정도로 빈약하고 우중충했다. 네덜란드 분위기를 전혀 느낄 수 없는 집이었다. 어둡고 낡은 그 집은 물가에 인접해 있었다. 운하 반대편에서 그 집을 지나치는 사람이라면 분명 반짝이는 마법 거울을 들여다보는 늙은 마녀가 사는 집이라고 여길지도 모른다. 지붕에는 네덜란드의 집 지붕 모습이 그러하듯 늘 한 쌍의 두루미가 있었다. 아침마다 나에게 우유를 제공하는 암소가 내 방 옆에서 키워지고 있었고, 창문 아래로는 닭들이 오르내리는 좁고 위험한 계단이 설치되어 있었다. 깃털이 달린 이 이웃들은 나에게 양질의 달걀을 제공했다. 그러나 달걀이 세상 빛을 보기 전에 닭들이 꼬꼬댁대는 소리를, 오래도록 이어지는, 마치 달걀에 관한 연설처럼 들리는 이 소리를 나는 들어야만 했고, 그래서인지 달걀을 즐기고 싶은 마음도 사라져 버리곤 했다. 하지만 내 집에서 가장 나를 불쾌하게 만들었던 두 가지 치명적인 것은, 낮 동안 내 귀를 괴롭혔던 바이올린 연주 소리와 과도한 질투에 시달리는 하숙집 여주인이 밤마다 가련한 남편을 추궁하는 목소리였다.

남자 주인과 여주인의 관계를 제대로 알고 싶다면, 두 사람이 함께 연주하는 악기 소리를 듣기만 하면 됐다. 남자는 첼로를, 그리고 여자는 비올라 다모레를 연주했다. 하지만 그녀는 박자를 지키지 않았다. 늘 남자보다 한 박자 앞서 나갔고 날카로운 잔소리와 다름없는 소리를 내면서 가련한 그녀의 악기를 괴롭히고 있었다. 으르렁대는 첼로 소리와 다투듯 연주하는 비올라 소리를 들을 때면, 싸움을 벌이는 부부의 목소리를 듣는 것 같은 착각이 들었다. 남자의 연주가 이미 끝났는데도 여자가 여전히 계속해서 연주하고 있을 때가 있었는데, 그럴 때는 여자에게 아직 할 말이 남아 있다는 상상을 하곤 했다. 여주인은 키가 크고 마른 체구였다. 피부와 뼈만 있는 사람이라 할까. 쓸데없는 이야기를 지껄이는 그녀의 입에는 가짜 치아가 몇 개 있었다. 턱은 거의 턱이라고 할 수 없을 정도로 짧았는데, 그래서인지 코가 상대적으로 길어 보였다. 코끝은 새의 부리처럼 아래로 굽었는데, 비올라를 연주할 때 그녀의 코는 악기의 울림을 완화해 주는 약음기 역할을 했을 것이다.

남자 주인은 대략 50세 정도였다. 남자의 다리는 가늘고, 얼굴은 마르고 창백했다. 작고 푸른 그의 눈은 태양이 얼굴을 비출 때 경비병처럼 늘 깜빡였다. 그의 생업은 도서 제본이었고, 종교는 재세례파였다. 그는 《성경》을 열심히 읽는 사람이었다. 읽은 내용은 그의 꿈에도 등장했는데, 아침에 일어나 커피를 마실 때 그는 눈을 깜빡이며 아내에게 꿈 이야기를 해 주곤 했다. 이를테면 이런 이야기였다. 그가 다시 주님의 은총을 받았고, 대화를 함께 나누었던 성인들이 그를 높이 평가했으며, 심지어 지존하신 여호와와도 대화를 나누었다는 내용이었다. 그리고 《구약 성경》에 등장하는 모든 여인이 친근하고 자상하게 그를 대했다고 말했다. 그런데 이 마지막 이야기는 여주인의 마음에 들지 않았던 것 같다. 남편이 《구약 성경》의 여인들과 한밤중에 교류하는 것 때문에 그녀의 시기심이 자주 발동되었다. 그녀는 이렇게 말했다.

"동정녀 성모 마리아라든가, 성녀 마르타, 또는 예수의 은총을 입은 막달라 마리아라면 괜찮을 수 있지만, 한밤중에 술주정뱅이 여자들이라든가, 더럽혀지기 전의 유디트,* 버림받은 시바의 여왕*을 비롯한 불분명한 성격의

---

* 유디트 : 아시리아의 적장 홀로페르네스를 유혹하고 목을 베어 이스라엘 민족을 구한 여인이다. 실존 여부에 대해서는 의견이 나뉜다. 한

여성들과 만나는 것은 허락할 수 없어요."

하지만 어느 날 아침 그녀의 남편이 행복에 겨워 흥분을 가라앉히지 못한 채 아름다운 에스더*와 만난 이야기를 매우 과장되게 하자, 드디어 여주인의 분노가 폭발하고 말았다. 미모의 힘을 발휘하여 아하수에로 왕의 환심을 얻어 제 목적을 달성하려는 에스더가 몸을 치장하면서 남편에게 도움을 요청했다는 이야기를 들었을 때였다. 이 가련한 남편은 에스더의 사촌 모르드개가 직접 그를 그 아름다운 양녀에게 데리고 왔는데, 그는 반쯤 옷을 입은 그녀의 머리를 빗겨 주었을 뿐이라고 변명을 늘어놓았다. 하지만 소용이 없었다. 화가 머리끝까지 치민 여주인은 책 제본기로 남편을 때리고, 뜨거운 커피를 얼굴에 끼얹었으니, 가련한 그녀의 남편이 재빠르게 《구약 성경》에 등장

글 《성경》에는 '유딧'으로 적혀 있다.
* 시바의 여왕 : 아름답고 부유한 여왕으로 이스라엘 왕국의 왕인 솔로몬을 연모했다.
* 에스더 : 미모가 매우 아름다웠던 에스더는 페르시아의 왕 아하수에로의 왕후가 되어 학살의 위험에 빠진 사촌이자 보호자인 모르드개와 유대 민족을 구했다.

하는 여인들과 앞으로는 만나지 않겠다고, 또한 이제부터는 족장들, 그리고 남자 성인들하고만 교류하겠다고 맹세하지 않았더라면, 그는 죽음을 면하지 못했을 것이다.

 이 그릇된 처신의 결과, 이후로 이 신사는 밤마다 맛보는 즐거움에 관한 이야기를 두려움 때문에 더는 하지 못하게 되었다. 하지만 그제야 비로소 그는 성스러운 난봉꾼이 되었다. 그는 추잡하게도 옷을 입지 않은 성녀 수산나*에게 데이트를 청할 용기를 갖게 되었고, 결국에는 솔로몬 왕의 하렘 안으로 들어가 수천 명의 여인과 함께 차를 마시는 꿈을 꾸는 파렴치한 자가 되고 말았다.

12.

 불행을 일으키는 시기심! 이 시기심으로 가장 아름다운

---

* 성녀 수산나(St. Susanna)는 동정 순교자다. 깊은 신앙심을 견지한 아름다운 수산나는 자기 아들과 결혼하라는 로마 황제의 요구를 거부하고 처형당했다.

나의 꿈이, 그리고 간접적으로는 꼬맹이 삼손의 삶이 망가졌는지 모른다.

꿈이란 무엇인가? 죽음은? 삶이 잠시 멈추는 것을 의미하는 것일까? 아니면 삶 자체가 완전히 사라지는 것일까? 그렇다, 과거와 미래에만 관심을 둘 뿐 현재의 삶 속 순간 안에서 영원을 생각하며 살 수 없는 사람들은 그럴 거다. 그러한 사람들에게 죽음은 끔찍한 것일 수밖에 없다. 만일 두 개의 목발, 즉 공간과 시간이 사라진다면, 그들은 영원한 무의 세계에 갇힐 것이다.

그렇다면 꿈은? 왜 우리는 땅에 묻히는 것보다 잠자리에 드는 것을 더 두려워하지 않는가? 정신이 매우 격동적인 삶을, 육체와 정신을 가르는 끔찍한 일들로 가득한 삶을 이끄는 반면, 육체는 긴 밤 내내 시체와 다름없는 상태에 있다는 것에 공포를 느끼지 않는가? 먼 훗날 언젠가 이 두 개가 우리의 의식 안에서 합쳐진다면, 꿈은 다시는 존재하지 않을 것이다. 아니면 아픈 사람들만, 육체와 정신의 조화에 장애가 있는 사람들만 꿈을 꾸게 될 것이다. 노인들은 매우 얕게, 그리고 조금만 꿈을 꾼다. 노인들이 강렬하고 거대한 꿈을 꾸는 것은 거의 큰 사건이 일어난 것과 다름없고, 그래서 그 내용은 역사책에 실릴 수도 있을 거다. 진정한 의미에서 꿈은 정신의 민족인 유대인들이 처음으로 꾸기 시작했다. 그러다가 환영에 시달리는 민족인 기독교인들에 의해 전성기를 누렸다. 미래의 후손들은 우리가 유령과 다름없는 삶을 영위하고 있다는 사실을 책을 통해 알고 경악할 것이다. 말하자면 사람은 근본적으로 분열된 존재고, 절반 정도의 사람들만이 정상적인 삶을 영위한다. 후손들은 그리스도의 십자가에서 시작된 우리 시대를 인류의 역사에서 가장 고통스러운 질병에 시달린 시기로 간주할 것이다.

그러나 얼마나 달콤한 꿈을 우리는 꾸었던가! 건강한 정신을 지닌 후손들은 그것을 이해할 수 없을 것이다. 우리를 둘러싼 세상의 모든 멋진 것이 사라져도, 우리는 내적 영혼의 세계 안에서 그것을 되찾았고, 짓밟힌 장미의 향기가 우리 영혼 안으로 스며들며, 위협에 쫓긴 밤 꾀꼬리의 아름다운 노래를 들을 수 있었다.

나는 이 모든 걸 알고 우리 시대에 내재한 알 수 없는 공포와 견디기 힘든 달콤함 때문에 죽게 될 것이다. 밤이 되어 옷을 벗고 나는 침대 위에 눕는다. 다리를 쭉 뻗은 다음

하얀 이불을 덮는다. 그리고 무의식적으로 엄습하는 두려움에 나는 몸서리친다. 이런 생각이 들기 때문이다. 내가 시체는 아닐까, 나 자신을 매장한 것 같구나. 이런 끔찍한 생각들을 떨쳐 버리기 위해, 꿈나라로 도망치기 위해 나는 서둘러 눈을 꼭 감는다.

달콤하고 다정하며 볕이 들어 환한 꿈이었다. 하늘은 푸르고 구름 한 점 없었다. 바다 역시 푸르고 고요했다. 광대한 수면의 끝은 보이지 않았다. 그 위로 화려하게 채색된 배 한 척이 둥둥 떠 있었다. 나는 폴란드 여왕 야드비가의 발을 애무하며 갑판에 앉아 있었다. 나는 그녀를 위해 줄이 쳐진 장밋빛 종이에 적은 몽상적 분위기의 사랑 노래를 부르고 있었다. 그녀는 가볍게 한숨을 내쉬며 지나칠 정도로 내 몸에 귀를 바짝 대고 그리움에 젖은 미소를 지으며 노래를 들었다. 그리고 가끔 내 손에서 종이를 낚아채어 바다에 던져 버리곤 했지만, 그럴 때마다 눈처럼 흰 가슴과 팔을 가진 예쁜 요정들이 물속에서 떠올라 바람을 타고 날아가는 종이를 잡았다. 나는 뱃전 너머 머리를 숙였다. 그러자 바다의 깊은 곳 풍경이 또렷하게 보였다. 회합이 열린 듯 무리 지어 앉아 있는 것들은 아름다운 요정들이었다. 그런데 그 가운데 앉아 있는 활기 넘치는 젊은 요정이 글쎄 내 사랑 노래를 비방하고 있지 않은가. 그가 내뱉는 한 마디 한 마디에 우레와 같은 박수가 터졌다. 푸른 곱슬머리의 아름다운 요정들은 공감의 손뼉을 너무 세게 친 나머지 가슴과 목이 붉게 물들었다. 즐겁기만 한 존재들이지만, 그들은 연민의 정을 담아 이렇게 떠들었다.

"인간들이란 참으로 이상한 존재야! 그들이 사는 꼴을 보라니까! 지독할 정도로 비극적인 삶을 영위하고 있지! 사람들은 서로 사랑하지만, 대부분 그것을 말할 수가 없어. 또한 그걸 말할 수 있다 하더라도, 서로를 잘 이해하지 못하는 존재야! 그래서 그들은 우리처럼 영원한 삶을 살 수 없지. 그들은 죽을 운명, 짧은 한순간의 시간 동안 행복을 찾아 누릴 수 있을 뿐이야. 행복을 찾았다면 그것을 재빨리 꽉 잡아 가슴에 누르고 있어야만 하는데, 도망치기 전에 말이야. 그래서 그들이 부르는 사랑 노래는 이렇게 부드럽고 가슴을 울리며 달콤하면서도 두렵고 절망 속에서도 유쾌할 수 있는 것이야. 기쁨과 고통이 뒤섞인 기이한 것이지. 또한 가장 행복한 순간에도 죽음에 관한 생각이 우울한 그림자를 드리우지. 아울러 불행 속에서도 그들은 서로를 아끼며 위로해. 그들은 울 수 있어. 눈물로 만든 그들의 시는 정말 대단해!"

나는 야드비가에게 말했다.

"저 아래에서 우리를 평가하는 소리가 들리시나요? 우리는 서로를 껴안아야만 해요. 그래야 저들이 우리를 불쌍한 존재로 보지 않을 거예요. 심지어 부러워할 거예요!"

나의 연인은 사랑스러운 눈으로 아무 말 없이 나를 쳐다보았다. 조용히 나는 그녀와 입을 맞추었다. 그런데 그녀의 얼굴이 갑자기 창백해지더니 귀여운 얼굴 위로 얼어붙는 듯 공포의 그림자가 드리워졌다. 그러더니 그녀는 내 팔에 하얀 대리석처럼 굳은 몸을 맡겼다. 그녀가 두 방울의 커다란 눈물을 눈에서 떨어트리지 않았더라면 죽었다고 나는 생각했을 것이다. 내 마음을 벅차오르게 한 눈물은 귀여운 존재를 더욱 거세게 안도록 만들었다.

그때였다. 나는 날카로운 목소리로 여주인이 꾸짖는 소리를 듣고 꿈에서 깨어났다. 내 침대 앞에 그녀가 서 있었다. 눈이 부시도록 밝은 등불을 손에 든 그녀는 어서 빨리 일어나서 자기와 함께 어디론가 가 달라고 부탁했다. 그렇게 추악한 그녀의 모습을 전에는 본 적이 없었다. 그녀는 셔츠 차림이었다. 때마침 창문 사이로 흘러들어 온 달빛에 반사되어 그녀의 마른 가슴이 금빛으로 빛났다. 바짝 말라 버린 두 개의 레몬 같았다. 그녀가 원하는 것이 무엇인지 알지 못한 채 여전히 잠에 취해 있던 나는 그녀를 따라 남편이 있는 침실로 들어섰다. 침대 위에 가련한 그가 누워 있었다. 나이트캡이 눈 위에 덮여 있었다. 그는 매우 격렬한 꿈을 꾸고 있었다. 이불 안 그의 몸이 부르르 떨리고, 입술은 환희에 젖어 미소 지으며, 때로 경련하듯 입술이 뾰족해졌다. 입맞춤할 때 그러듯이. 그리고 그르렁거리는 목소리로 말을 더듬으며 그가 외쳤다.

"와스디 여왕님!* 아하수에로 왕을 두려워 마세요! 사랑하는 나의 여인 와스디!"

분노에 찬 눈으로 그녀는 자는 남편을 노려보았다. 그가 어떤 생각을 하고 있는지 엿들을 수 있는 것처럼, 그녀는 남편의 머리에 귀를 가까이 댔다. 그리고 나지막이 나에게 속삭였다.

"이제 분명히 아시겠죠, 슈나벨레봅스키 씨? 이 사람은 지금 와스디 여왕과 애정 행각을 벌이고 있죠. 치욕스러운 가정파괴범 같으니라고! 나는 그들의 추잡한 관계를 벌써 어젯밤에 알 수 있었죠. 나보다 이교도 여인을 남편은 더 좋아한다니까요! 하지만 나는 기독교를 믿는 여자예요. 이제 내가 어떻게 복수하는지 당신은 보게 될 거예요."

---

* 와스디 여왕 : 아하수에로 왕의 요구를 거부해서 추방된 왕후다.

이 말을 하면서 그녀는 가련한 죄인의 몸에서 이불을 걷어치웠다. 그는 온통 땀투성이였다. 그녀는 사슴 가죽으로 만든 탈장대*를 손에 들더니 가련한 죄인의 메마른 육체를 인정사정 보지 않고 두들겨 팼다. 거룩한 《성경》의 이야기를 직접 경험하는 꿈에서 깨어난 그는 겁에 질려 소리를 질렀다. 꿈속의 도시가 불에 타고 네덜란드가 물에 잠기기라도 한 것처럼 말이다. 여하튼 그가 소리를 지르는 바람에 이웃집 사람들이 놀라 잠에서 깨는 등 한바탕 소동이 벌어졌다.

다음 날 레이덴에는 이런 소문이 돌았다. 남자 집주인이 소리를 지른 것은 한밤중에 내가 그의 배우자와 함께 있는 것을 보았기 때문이라는 소문이었다. 여자 집주인이 반쯤은 벌거벗은 채 창가에 기대어 서 있는 것을 보았다는 소문이 있는가 하면, 평상시 나를 싫어했고 바로 이 사건 때문에 여주인으로부터 여러 차례 추궁을 당한 여관 하녀는 여주인이 한밤중에 나의 침실로 들어가는 것을 직접 보

---

* 탈장대 : 탈장을 지연시켜 치유를 돕는 의료 도구다.

았다고 말하기도 했다.

당시의 사건을 다시 회고하자니 지금도 슬픈 감정을 억누르기가 쉽지 않다. 사건의 여파가 얼마나 끔찍했던 가!

13.

붉은 암소 여관 여주인이 만일 이탈리아 사람이었다면, 내 밥에 독약을 넣었을지도 모를 일이다. 그러나 그녀는 네덜란드 사람이다. 그녀는 매우 형편없는 음식을 나에게 주었다. 벌써 다음 날 점심에 우리는 분노의 결과를 맛보아야만 했다. 첫 번째 음식이라고 할 수 있는 수프는 제공되지 않았다. 끔찍한 일이었다. 아침에 태양이 솟아오르지 않고 점심에 수프가 제공되지 않는 것을 상상조차 하지 못하는, 특히 어린 시절부터 매일 수프를 먹으며 곱게 성장한 나 같은 사람들에게는 말이다. 두 번째 음식은 소고기 요리였다. 그리스의 조각가 미론이 만든 암소처럼 차갑고 질겼다. 세 번째는 대구였다. 아가리에서 사람의 체취가 느껴졌다. 네 번째는 커다란 닭이었다. 하지만 우리의 배고픔을 달래 주기에는 매우 부족했다. 마르고 홀쭉한 것이 마치 닭도 굶주렸던 것 같았다. 가련한 그 모습을 보고 차마 먹을 수가 없었다.

풍보 드릭센이 말했다.

"꼬맹이 삼손아, 너는 아직도 신을 믿니? 그게 정의란 것이냐? 어두운 밤에 저 여자가 슈나벨레봅스키를 방문했다고 해서, 우리가 대낮에 이런 형편없는 음식을 맛보아야만 하는 거야?"

"오, 주님! 주님!"

꼬맹이가 탄식했다. 무신론자의 불경스러운 말 때문에, 어쩌면 보잘것없는 음식 때문에 몹시 마음이 상했나 보다. 그런데 꺽다리 판 페터가 신인동형동성론자*를 꼬집는 장난말을 시작하고 황소와 양파를 숭상했던 이집트 사람들을 칭찬하자, 말하자면 황소를 구울 때 양파를 넣어 함께 구우면 그 맛이 더욱 좋아진다는 것을 이집트 사람들이 알고 있었다는 것인데, 이 말에 꼬맹이의 불쾌감은 더욱 커졌다.

---

* 신인동형동성론자 : 하느님을 사람과 같은 육체적인 존재로 상상하고 표현했던 기독교인을 말한다.

꼬맹이 삼손의 감정 상태는 조롱이 계속되자 점점 더 악화했다. 결국 그는 이신론적 입장을 강하게 피력하기 시작했다.

"꽃들에 태양이 그렇듯이, 사람들에게 주님은 절대적인 존재시지. 천상의 빛이 어루만질 때 꽃들은 명랑한 모습으로 성장하고 꽃받침을 활짝 열어 화려한 색으로 치장된 몸을 뽐낼 수 있어. 하지만 태양이 멀어지는 밤이 되면, 꽃들은 슬픔에 잠겨. 꽃받침을 닫고 잠을 청하거나 황금빛과 입맞춤하던 아름다웠던 순간들을 꿈꾸지. 하지만 그렇게 그늘 속에만 있노라면 꽃들은 색을 잃고 성장을 멈추지. 몸은 비틀어지고 창백해지며 푸념 속에 불행하게도 시들어 버린단 말이야. 그런데 애초부터 어둠 속에서 자라는 꽃들도 있지. 성의 지하실이나 수도원 폐허 같은 곳에 말이야. 추한 모습에다가 독을 품은 그 꽃들은 뱀처럼 바닥에서 똬리를 틀고 있는데, 그 꽃들이 내뿜는 향기는 화를 초래하고 정신을 혼미하게 만들며 사람을 죽게 해."

"오, 자네는 《성경》을 바탕으로 우화를 만드는 데 더는 묘안을 찾지 못한 것 같군."

뚱보 드릭센이 큰 잔에 담긴 슈다머 제네버*를 목구멍에 털어 넣으며 소리 질렀다.

"꼬맹이 삼손, 너는 주님이 허락하신 태양 빛 가운데 순결과 사랑이라는 성스러운 빛을 삼켜 마시듯 빨아들이는 꽃과 같지. 네 영혼은 무지개처럼 화려한 색상으로 떠오를 거야. 하지만 신과는 거리가 먼 우리 따위는 생기 없고 추하게 시들어 버린 꽃과 다름없어서, 그런 곳에서는 흑사병 병균이 내뿜는 악취조차 퍼질 수 없을 거야."

꼬맹이 삼손이 말했다.

"언젠가 나는 프랑크푸르트에서 시계 수리공의 손으로도 고칠 수 없는, 황동으로 만든 고장 난 시계를 본 적이 있어."

그때 갑자기 기세를 누그러뜨리며 더는 꼬맹이를 괴롭힐 생각이 없다는 듯 뚱보 드릭센이 끼어들며 말했다.

"그래도 그것만은 말할 수 있어. 그런 시계도 종만큼은 잘 칠 수 있지."

이 말을 들은 꼬맹이는 볼품없이 말랐지만, 그 짧은 팔로 뚱보를 멋지게 밀쳐 넘어뜨렸다. 결국 두 사람은 같은 날 파리지앵 광장에서 결투를 벌이기로 했다. 두 사람은 분노를 참지 못하고 서로를 칼로 찔렀다. 꼬맹이 삼손의

---

* 슈다머 제네버 : 호밀, 보리, 옥수수 등의 곡물로 만든 증류주다.

검은 눈이 불같이 타올랐다. 그래서인지 접어 올린 셔츠의 옷소매 밖으로 볼품없이 비쭉 튀어나온 그의 짧은 팔이 더욱 대조를 이루었다. 꼬맹이의 싸움은 시간이 흐를수록 격렬해졌다. 왕중왕, 여호와 하느님의 존재를 입증하기 위해 그는 싸우고 있었다. 그러나 신은 조금도 그에게 도움을 허락하지 않으셨다. 결국 여섯 번째 다툼에서 꼬맹이의 폐는 칼에 찔리고 말았다.

"오 주님!"

이렇게 탄식하고 그는 땅에 쓰러졌다.

14.

이 장면을 머릿속에 떠올리면, 지금도 내 몸은 두려움으로 떨린다. 그러나 간접적으로 나를 불행하게 만든 그 여인에 관한 것이라면, 나의 마음은 온통 휘몰아치는 격정에 사로잡힌다. 분노와 근심에서 헤어나지 못한 나는 붉은 황소 여관으로 달려갔다.

"정말 끔찍한 일이군요, 어째서 수프를 주지 않은 거죠?"

부엌에서 마주친 나를 보고 놀라 얼굴이 창백해진 여주

인에게 나는 이렇게 말을 던졌다. 난로 위 자기 그릇이 내 목소리에 떨려 진동했다. 수프를 먹지 못하고 가장 친한 친구의 폐에 구멍이 났을 때 보통 사람들이 그럴 수 있는 만큼 나는 황당했다.

"끔찍하다는 말입니다. 왜 수프를 주지 않은 겁니까?"

내가 말을 되풀이하는 동안에 자신의 죄를 알고 있던 여자는 꼼짝도 하지 않고 말없이 내 앞에 서 있었다. 그러더니 갑문이 열렸을 때처럼 눈에서 눈물을 왈칵 쏟아 냈다. 눈물이 온통 얼굴을 적시고 움푹 들어간 그녀의 가슴골까지 방울져 흘러내렸다. 하지만 나의 분노는 가라앉지 않았다. 더 혹독하게 나는 말했다.

"오 여인들이여, 나는 당신들이 울 수 있다고 생각합니다. 그러나 눈물은 수프가 아니지요. 여자들은 우리를 불행에 빠뜨리도록 만들어졌답니다. 당신들이 우리를 볼 때 그것은 기만이고 내쉬는 숨은 사기입니다. 도대체 누가 제일 먼저 죄악의 사과를 먹었습니까? 거위는 로마를 위험에서 구했지만,* 트로이는 여자로 인해 멸망했지요. 오

---

* 기원전 390년 로마는 세노네스족의 공격을 받았지만, 시끄러운 거위의 울음소리 덕분에 잠에서 깨어나 공격에 대비하고 적을 물리쳤다.

트로이! 프리아모스*의 성스러운 요새. 당신은 한 여인의 죄로 인해 멸망했다오! 마르쿠스 안토니우스*를 몰락하게 한 사람은 누구였나요? 세례자 요한의 머리를 요구했던 자는 누굽니까?* 아벨라르가 거세를 당하는 원인을 제공한 사람은 누구입니까?* 바로 여자! 우리 남성들이 여자 때문에 멸망에 이른 사례는 무궁무진하지요. 당신들이 하는 행동은 어리석고 당신들의 생각은 배은망덕한 것입니다. 우리는 최고의 것, 가슴으로부터 성스럽게 타오르는 불꽃, 사랑을 주었건만, 도대체 우리에게 당신들이 그에 대한 보상으로 준 것이 무엇인가요? 고기, 형편없는 소

---

* 프리아모스 : 그리스 신화에 등장하는 트로이의 왕이다.

* 마르쿠스 안토니우스 : 로마의 장군이자, 이집트의 여왕 클레오파트라의 연인이다.

* 세례자 요한의~누굽니까? : 유다 왕국의 왕 헤롯에게 동생의 배우자와 사는 것을 비난한 세례자 요한은 눈엣가시 같은 존재였다. 때마침 생일을 맞은 헤롯에게 아내의 딸 살로메가 춤을 추어 그를 기쁘게 하고 대가로 요한의 목을 달라고 청한다.

* 아벨라르가~누구입니까? : 중세의 신학자 아벨라르는 미모의 어린 소녀 엘로이즈와 사랑에 빠지고 비밀리에 결혼했다. 이 사실을 안 퓔베르는 아벨라르가 조카딸인 엘로이즈를 수녀로 만들기 위해 수도원으로 보냈다고 오해하고 가문을 더럽혔다며 아벨라르를 거세했다.

고기였습니다. 닭고기는 더 형편없죠. 수프를 주지 않아 황당하다는 말입니다!"

부인은 어물어물 사과의 말을 하기 시작했다. 그녀는 이제까지 베풀어 준 사랑으로 이번만은 용서해 달라고 나에게 애원했다. 이제부터는 예전보다 훨씬 훌륭한 음식을 나에게 제공할 것이고, 구루테 돌렌 여관 주인은 평상시 식사 대금으로 8굴덴을 받지만, 자신은 1인분에 6굴덴을 그대로 받겠다고 했다. 게다가 그녀는 그다음 날에 굴 요리를 제공하겠다고 약속했다. 이 말을 하는 그녀의 부드러운 목소리에서 나는 벌써 송로버섯 향기를 맡을 수 있었다. 그러나 나는 완고하게 버텼다. 나는 제안을 받아들이지 않기로 단단히 마음을 먹었다. 그리고 다음과 같이 비극적인 말과 함께 부엌을 떠났다.

"안녕, 이런 식으로 사는 것을 이제는 그만둡시다!"

이어서 무엇인가가 땅에 떨어지는 소리가 들렸다. 냄비, 아니면 부인이란 말인가? 하지만 나는 뒤돌아보는 수고조차 하지 않았다. 그리고 6인분의 식사를 주문하기 위해 곧바로 구루텐 돌렌 여관으로 향했다.

이 중요한 일정을 마치고 나는 상태가 꽤 심각했던 꼬맹이 삼손의 집으로 갔다. 그는 고풍스러운 프랑켄풍의 큰 침대에 누워 있었다. 커튼 없는 침대 모서리에는 대리석 문양의, 황금색으로 호사스럽게 치장한 천장 휘장을 떠받치는 용도의 커다란 나무 기둥 네 개가 달려 있었다. 꼬맹이의 얼굴은 괴로운 듯 창백했다. 그가 나를 쳐다보았다. 지독한 서러움을, 선함과 비참함을 말해 주는 그의 눈빛은 내 가슴속 깊은 곳을 울렸다. 방금 다녀간 의사의 말에 따르면, 그의 상처는 매우 위중했다. 밤을 새워 그를 지켜보기 위해 유일하게 그곳에 남은 판 묄렌은 침대 곁에 앉아 《성경》 구절을 그에게 읽어 주었다.

"슈나벨레봅스키."

꼬맹이가 한숨을 쉬며 말했다.

"네가 오니 좋구나. 너도 들리지? 너에게도 좋은 것이지. 이건 내가 사랑하는 책이네. 내 선조들은 온 세상을 떠돌 때 이 책을 지니고 다녔지, 심지어 이것 때문에 고난과 불행이 닥쳤고, 사람들이 욕하고 증오했으며, 죽임을 당하기도 했지. 《성경》의 한 장 한 장은 눈물과 피를 흘려 희생함으로써 보존된 것이지. 이것은 주님의 자식인 선조들을 위해 글로 쓰인 고향이라네. 이것은 여호와께서 남기신 고귀한 유산이야."

"말을 너무 많이 하지 말게. 자네에게 해롭네."

판 묄렌이 말했다.

"게다가 여호와에 관한 이야기도 하지 말게. 신들 가운데 가장 배은망덕하지 않나. 오늘 자네가 바로 그분 때문에 싸우지 않았던가."

나도 말을 보탰다.

"오 주님, 우리 적들을 도우소서!"

탄식하는 꼬맹이의 눈에서 눈물이 떨어졌다.

"말을 많이 하지 말게."

묄렌이 반복했다.

"그리고 자네, 슈나벨레봅스키."

그가 나에게 귓속말로 속삭였다.

"내가 자네를 지루하게 만들었다면 용서하게. 꼬맹이는 무엇보다도 내가 그와 동명이인이라고 할 수 있는 삼손에 관한 이야기를 들려주길 원하고 있네. 제14장을 읽고 있었지. 들어 보게나. '삼손이 딤나에 내려가서 블레셋 딸들 중 한 여자를 보았다.'*"

그때 꼬맹이가 눈을 감은 채로 소리쳤다.

---

* 〈판관기〉 혹은 〈사사기〉 14장 1절의 구절이다.

"아니야. 우린 16장을 읽고 있었단 말이야. 자네가 읽은 것들을 나는 마치 이미 경험한 것 같은 생각이 들어. 요르단에서 방목되는 양들의 울음소리가 들리는 것 같군. 여우 꼬리에 불을 붙여 블레셋 사람들의 밭으로 쫓아내고, 나귀 턱뼈로 수많은 블레셋 사람들을 두들겨 팬 것 같은 생각이 드는군. 오, 블레셋 사람들! 그들은 우리를 질곡에 빠뜨렸고 조롱했지. 우리를 돼지로 생각하고 관세를 매겼지. 춤을 추라고 밖으로 내던졌고, 말 등 위에 앉으면 발로 찼지. 보켄하임*에서 나는 발로 걷어차였지. 오 주님, 그것은 절대로 할 수 없는 행동이었습니다!"

"상처 때문에 열이 올라 망상에 빠진 것 같아."

이렇게 묄렌이 조용히 말하더니 제16장을 읽기 시작했다. "'삼손이 가사에 가서 한 창녀를 보고 그곳에 머물렀다. 가사 사람들에게 삼손이 왔다는 소식이 전해지자, 그들이 곧 그를 에워싸고 밤새도록 성문에 매복하며 밤새도록 조용히 하고 이르기를, 새벽이 되거든 그를 죽일 것이라 하였다. 삼손은 밤이 깊을 때까지 누웠다가 일어났다.

---

* 보켄하임 : 프랑크푸르트의 지역 이름이다.

그리고 성 문짝, 설주, 빗장을 빼어 모두 어깨에 메고 헤브론 앞산 꼭대기로 갔다. 이후 삼손은 소렉 골짜기에 사는 들릴라라는 이름의 여인을 사랑했다. 블레셋 사람의 방백들이 그 여인을 찾아와서 그녀가 삼손을 꾀어서 무엇으로 말미암아 그 큰 힘이 있는지 그리고 어떻게 하면 그를 결박하여 제압할 수 있을지 알아보라고 했다. 그렇게 하면은 1천1백을 줄 것이라고 했다. 들릴라가 삼손에게 말했다. 당신의 큰 힘이 무엇으로 말미암아 있으며, 어떻게 하면 능히 당신을 결박하여 곤고케 할 수 있을는지 내게 말하라고 그녀가 청했다. 삼손이 말하기를, 만일 마르지 않은 푸른 칡 일곱으로 나를 결박하면 내가 약해져서 다른 사람과 같게 될 것이라 했다.

블레셋 사람의 방백들이 마르지 않은 푸른 칡 일곱을 여인에게로 가져왔다. 들릴라는 그것으로 삼손을 결박하고 블레셋 사람이 당신에게 미쳤다고 말했다. 그러자 삼손은 그 칡 끊기를 불탄 삼실을 끊듯이 그 칡을 끊었다. 그녀는 그 힘의 근본을 여전히 알지 못했다.'"

"오 어리석은 블레셋인들!"

갑자기 꼬맹이가 소리를 지르더니 만족한 듯 웃음을 터뜨렸다.

"그들은 콘스타블러바헤*에서도 나를 덮치려 했지."

판 뮐렌은 낭독을 이어 갔다. "'들릴라가 삼손에게 말했다. 보라, 당신이 나를 희롱하여 내게 거짓말을 하였다. 청컨대 무엇으로 당신을 결박할 수 있을는지 이제는 내게 말하라. 삼손이 그녀에게 말했다. 만일 쓰지 않은 새 줄로 나를 결박하면, 내가 약해져서 다른 사람과 똑같으리라. 들릴라가 새 줄을 구해 그것으로 그를 결박하고 말했다. 삼손이여 블레셋 사람이 당신에게 미쳤느니라. 그러자 삼손은 실을 끊듯이 줄을 끊었다….'"

"오, 바보 같은 블레셋인들!"

침대에 누운 꼬맹이가 다시 소리쳤다. "'들릴라가 삼손에게 이르되, 당신이 지금까지 나를 희롱하여 내게 거짓말을 하였다. 내가 무엇으로 당신을 결박할 수 있을지 내게 말하라. 삼손이 말했다. 그대가 나의 머리털 일곱 가닥을 베틀의 날실에 섞어 짜면 될 것이다. 들릴라가 바디로 그 머리털을 단단히 짜고 그에게 말했다. 삼손이여, 블레셋 사람이 당신에게 미쳤느니라. 그러자 삼손이 잠을 깨어 직조 틀에서 바디와 베틀의 날실을 다 빼내었다.'" 꼬맹이가 웃었다.

---

* 콘스타블러바헤 : 프랑크푸르트 중앙에 있는 광장 이름이다.

"그건 바로 에셴하이머 거리에서 벌어진 일이야."

판 묄렌은 계속 읽었다. "들릴라가 삼손에게 말했다. 당신의 마음이 내게 있지 않으면서 당신은 어떻게 나를 사랑한다고 말하는가. 당신은 세 번 나를 희롱하고 당신의 큰 힘이 무엇으로 말미암아 있는 것인지 내게 말하지 않았다. 이렇게 그녀는 날마다 그를 재촉하며 괴롭혔다. 삼손의 마음이 번뇌하여 죽을 지경이었다. 삼손이 마음을 다해 말했다. 내 머리 위에는 삭도를 대지 아니하였으니 이는 내가 모태에서부터 하느님께 바쳐진 사람이기 때문이다. 만일 내 머리가 밀리면 내 힘이 내게서 떠나고 나의 힘은 약해져서 다른 사람과 같아질 것이다. 삼손이 진심을 다 알려 주었으므로 들릴라는 사람을 보내 블레셋 사람들의 방백들을 불렀다. 그녀는 삼손이 내게 진심을 알려 주었으니 이제 한 번만 올라오라 하였다. 그러자 블레셋 방백들이 손에 돈을 들고 그 여인에게로 왔다. 들릴라는 삼손에게 자기 무릎을 베고 자도록 하고 사람을 불러 그의 머리털 일곱 가닥을 밀어 괴롭게 하였다. 그러자 그의 힘이 없어졌다. 들릴라가 말했다. 삼손이여 블레셋 사람이 당신에게 들이닥쳤다. 그러자 삼손이 잠을 깨며 말했다. 내가 전과 같이 나가서 몸을 떨칠 것이다. 그러나 그는 여호와께서 이미 그의 몸을 떠나신 줄을 깨닫지 못하였다.

블레셋 사람들이 그를 붙잡아 그의 눈을 빼고 가사에 끌고 내려가 놋줄로 매고 그에게 감옥에서 맷돌을 돌리게 하였다.'"

"오 주님! 주님!"

병자는 울부짖으며 하염없이 울었다.

"조용히 해."

판 뮐렌이 말했다. 그리고 계속 읽었다. "'그의 머리털이 밀린 후에 다시 자라기 시작했다. 블레셋 사람의 방백들은 우리의 신이 원수인 삼손을 우리 손에 넘겨주었다고 말하며 함께 모여 그들의 신 다곤에게 큰 제사를 지내고 즐거워하였다. 삼손을 본 백성들도 우리의 땅을 망쳐 놓고 우리 사람을 수없이 죽인 원수를 신이 우리 손에 넘겨주었다고 말하며 그들의 신을 찬양하였다. 흥겨워진 그들은 삼손을 불러서 재주를 부리게 하자고 말했다. 그리고 감옥에서 불려 나온 삼손은 그들 앞에서 재주를 보여 주었다. 그들은 삼손을 두 기둥 사이에 세웠다. 삼손은 그의 손을 붙든 소년에게 말했다. 이 집을 받치고 있는 기둥을 찾아 그것을 내 몸에 기대어라. 그 집에는 남녀가 가득했다. 블레셋의 방백도 모두 거기에 있었고 3천 명이나 되는 많은 사람이 지붕에서 삼손이 재주 부리는 것을 보고 있었다. 삼손이 여호와께 부르짖었다. 주 여호와여 저를 살피소서. 주님 이번만 저를 강하게 만드소서. 제 두 눈을 뺀 블레셋 사람에게 원수를 단번에 갚도록 해 주소서. 삼손은 집을 버티고 있는 두 기둥 가운데 하나는 왼손으로 하나는 오른손으로 잡았다. 삼손은 블레셋 사람과 함께 죽기를 원한다고 하고 말했다. 그가 힘을 다하여 몸을 굽히자 그 집이 곧 무너져 그 안에 있는 모든 방백과 온 백성을 덮쳤다. 삼손이 죽을 때에 죽인 자는 그가 살았을 때 죽인 자보다 더욱 많았다.'"

바로 이 순간 꼬맹이 삼손은 허깨비라도 본 듯 눈을 크게 떴다. 그리고 몸을 부들부들 떨며 자리에서 일어났다. 그는 분노에 가득 찬 목소리로 중얼거리며 가느다란 자신의 짧은 팔로 침대의 두 기둥을 흔들었다.

"내 영혼은 블레셋 사람들과 함께 죽을 것이다."

하지만 단단한 침대 기둥은 흔들리지 않고 그대로였다. 기운이 없고 슬픔에 빠진 꼬맹이는 웃으며 침대의 베개로 돌아갔다. 상처를 싸맨 헝클어진 붕대에서 붉은 피가 샘솟듯이 배어 나왔다.

바헤라흐의 랍비

1.

    라인가우* 아래, 강기슭의 웃음 짓던 표정이 사라지고 진기한 모험이 벌어졌던 성의 잔해를 안고 있기에 산과 절벽이 더욱 거만한 자태를 뽐내며 거칠고 위협적인 모습을 드러내는 그곳에 태고의 무시무시한 전설에나 등장하는 암흑처럼 어둡고 오래된 도시 바헤라흐가 자리 잡고 있다. 참새들의 보금자리가 되어 버린 창살 없는 요새 탑과 위장 망루의 통풍창으로 바람이 밀려들면 피리 소리 같은 이상한 소리가 났지만, 도시의 장벽은 지금처럼 무너지고 훼손된 상태로만 있지는 않았다. 여자들이 아이들을 꾸짖거나 소 울음소리로 중단되긴 했지만, 성문의 틈 사이로 보이는 초라하고 흉측한 모습의 찰흙으로 다져진 골목에는 지금처럼 지루한 정적만 깃들어 있지는 않았다. 과거 장벽은 위풍당당하고 튼튼했다. 골목 안에서 사람들은 활발하게 자유를 호흡하고 권력과 부, 쾌락과 고통, 사랑과 증오의 삶을 영위했다. 바헤라흐는 과거 로마인들에 의해 세워졌던 자치 도시 중 하나였다. 나중에는 호엔슈타우펜

---

* 라인가우 : 라인강 북부 지역이다.

왕가,˙ 그리고 마지막으로 비텔스바흐 왕가˙에 의해 지배받았지만, 로마 제국의 지배 이후 급격하게 늘어난 거주민들은 라인강 주변에 있는 다른 도시들의 사례를 따라 비교적 자유롭게 공동체를 만들 수 있었다. 그러나 공동체는 여러 조직이 연결된 것이었다. 그중에 명문가 출신의 원로들이 대부분인 시민 조직과 다양한 제조업자들로 이루어진 조합 조직이 주도권을 놓고 경쟁을 벌였다. 그들은 외적으로, 예컨대 이웃을 착취하는 귀족들에 대해서는 보호와 저항을 이유로 단결된 태도를 보이다가도 내적으로, 즉 수익 문제에서 갈등이 벌어지면 주장을 굽히지 않고 고집을 부렸다. 그러므로 그들 사이에는 공동생활의 느낌은 존재하지 않았고, 지독한 불신이 팽배했으며, 심지어 격한 감정에서 폭력이 자행됐다. 도시를 지배하는 태수는 높은 언덕에 지어진 자레크로 불리는 성에 살았

˙ 호엔슈타우펜 왕가 : 12세기 중반부터 13세기 중반까지 중세 독일의 왕과 신성 로마 제국의 황제를 배출한 명문 가문이다.
˙ 비텔스바흐 왕가 : 11세기에 세워졌고 바이에른 공작을 시작으로 신성 로마 제국 황제를 거쳐 19세기에는 그리스의 국왕을 배출한 명문 가문이다. 제1차 세계대전에서 패하면서 바이에른 왕국은 역사 속에서 사라졌다.

다. 누군가가 부르거나, 또는 부르지 않더라도 그는 매처럼 성 아래로 쏜살같이 달려가는 사람이었다. 사제는 몽매한 정신에 갇혀 암흑의 세계에서 군림하고 있었다. 가장 고립되고 무력하며 시간이 흐를수록 시민의 권리로부터 점점 더 멀어진 집단은 이미 로마 제국 시기에 바헤라흐에 자리를 잡았고 이후 유대인 박해가 극심했던 때에 난민이 되어 떠돌던 믿음의 형제들을 받아들인 작은 유대인 공동체였다.

큰 규모의 유대인 박해는 십자군 원정과 함께 시작되었다. 피해가 가장 심했던 때는 14세기 중반, 그러니까 재앙 대부분이 그러했듯이, 신의 노여움을 부른 것이 분명하고 나병 환자의 도움으로 우물물에 독이 주입되었다고 주장하면서 유대인에게서 그 원인을 찾았던, 바로 흑사병이 유행했던 시기의 끝 무렵이었다. 성난 천민들, 특히 반쯤은 발가벗은 남녀 편타 고행자* 무리는 속죄한답시고 자신을 채찍질하고 미친 듯이 성모의 노래를 부르면서 라인강 지역과 그 밖의 남부 독일을 돌아다니며 당시 수천 명의

---

* 참회의 의식으로 자기 등을 채찍으로 때리는 고행자다.

유대인을 학살하거나 고문하고, 또는 강제로 개종시켰다. 유대인들에게 책임을 덮어씌우는 행태는 이것뿐이 아니었다. 이미 앞선 시기에, 즉 중세 시기를 거쳐 앞 세기 초반*에 이르기까지 많은 사람을 죽음으로 몰아넣었고 공포에 떨게 했던 이것은 연대기와 전설 속에서 메스꺼움을 느낄 만큼 자주 등장하는 동화로 자리 잡았다. 내용은 이러했다. 유대인들이 축복받은 성체를 훔쳐 구멍을 내어 피가 잘 스며들도록 한다거나, 유월절을 기념하기 위해 기독교인 어린아이를 죽여 피를 받아 두고 밤 예배에서 사용한다든지 하는 터무니없는 이야기였다. 신앙 때문에, 부 때문에, 그리고 채무 장부로 인해 미움을 받아 온 유대인들은 바로 이 축제의 날에 적의 손에 의해 아주 쉽게 파멸의 구렁텅이로 떨어졌다. 기독교인들은 유대인에 의해 어린아이가 살해되었다는 소문을 퍼뜨리고, 심지어 피를 흘리는 어린아이의 시신을 법률의 보호 밖에 있던 유대인 가

---

* 18세기 초반을 의미한다. 이 시기는 인본주의, 합리성 등의 가치를 바탕으로 세계의 변혁과 유대인을 포함한 사회적 주변인의 평등과 시민적 권리 획득을 주장하며 계몽주의가 태동한 시기이지만, 하이네가 이때까지 유대인에 대한 혐오와 폭력이 지속된 것으로 말하고 있듯이, 독일 사회에 끼친 계몽주의의 영향은 매우 제한적이었다는 걸 알 수 있다.

정 안에 몰래 들여놓은 다음, 밤이 되어 기도를 올리는 그 유대인 가정을 급습했다. 유대인들이 학살당하고 약탈당했으며 강제로 세례를 받았던 그곳은 이후 죽은 아이에 관한 꾸민 이야기를 통해 기적의 장소로 둔갑했다. 게다가 교회도 그 아이를 성인 명부에 올렸는데, 성 베르너가 바로 그 성인이다. 그리고 그를 기리기 위해 오버베젤에 현재 라인강 지역에서 가장 아름다운 옛 성터 중 하나로 알려진 바로 그 수도원이 건립되었다. 고딕풍의 웅장한 모습, 끝이 뾰족한 아치형의 창문, 도도하게 위로 솟구친 기둥과 석고 조각들은 하늘이 청명한 여름에 이곳을 찾은 사람들을, 무엇보다 수도원의 이와 같은 유래를 알지 못하는 사람들을 아름다움에 흠뻑 취하도록 만든다. 성인을 기리기 위해 라인강 지역에는 세 개의 교회가 더 지어졌다. 그러면서 셀 수 없이 많은 유대인이 죽거나 학대당했다. 이 사건이 벌어졌던 때는 1287년이고, 바헤라흐에도 여러 성 베르너 교회 중 하나가 세워졌으며, 이곳의 유대인들 역시 박해받고 처참한 삶을 영위했다. 이렇듯 늘 증오와 위협에 시달리긴 했지만, 그래도 이후 200년이 넘도록 이곳의 유대인들은 성난 민중으로부터 공격받지 않고 비교적 안전하게 살 수 있었다.

외부로부터 가해지는 증오가 거셀수록, 가족 간의 결속은 더욱 끈끈해지고 관계는 더욱 친밀해졌다. 바헤라흐 유대인의 경건함과 신에 대한 경외심 역시 더욱 깊어졌다. 아브라함이라 불리는 랍비는 하느님이 흡족해하실 만한 이러한 변화의 한 사례가 될 것이다. 그는 젊은 나이임에도 높은 학식을 갖추었기 때문에 널리 알려진 인물이었다. 역시 이 도시에서 출생했고 랍비였던 그의 아버지는 확고한 의지를 다지며 랍비의 직분에 헌신하고 바헤라흐를 절대로 떠나지 말라고 그에게 당부했다. 죽을지도 모른다는 이유에서였다. 가난함 속에 학식을 쌓는 것에만 의미를 두고 살았던 아버지가 그에게 남겨 준 것은 바로 이 명령과 희소가치가 있는 책들이 들어 있는 책장이 전부였다. 하지만 랍비 아브라함은 매우 재산이 많은 부자였다. 그는 보석 판매업을 했던 아버지 형제의 단 하나밖에 없는 딸과 결혼했고 부를 물려받았다. 공동체의 몇몇 교활한 자들은 랍비가 돈 때문에 그 여자와 결혼했다고 떠들었지만, 여자들은 모두 그것을 부정했는데, 심지어 그들이 랍비에 관한 오래된 이야기를 해 줄 정도였다. 랍비는 스페인으로 떠나기 전에 이미 사라―사람들은 그녀를 아름다운 사라라고 불렀다―에 대한 사랑에 빠져 있었다. 그리고 랍비가 스페인에서 다시 돌아올 때까지 사라는 무려 7년을 기다려야만 했다. 랍비는 그녀의 아버지가 반대했고, 게다가 그녀의 동의를 얻지 않았음에도 결혼반지를 손가락에 끼워 주며 그녀와 혼인하고 말았다. 말하자면 여자의 손가락에 반지를 끼워 주고 "내가 그대를 모세와 이스라엘의 풍습에 따라 나의 아내로 삼았소!"라고 말하는 데 성공한 유대인 남자는 유대인 처녀를 적법한 배우자로 만들 수 있었던 것이다. 그런데 스페인이라는 말이 언급될 때마다 교활한 자들은 묘한 미소를 짓곤 했다. 아마도 불분명한 소문 때문일 것이다. 랍비 아브라함이 톨레도에 있는 명문 학교에서 신의 율법에 관한 학업에 열중하긴 했지만, 당시 비범한 수준의 교양을 갖춘 스페인계 유대인*처럼 기독교인의 풍습을 모방하거나 자유주의 사상을 흡수하는 데에도 그가 심혈을 기울였다는 소문이 바로 그것이다. 하지만 교활한 자들도 그 소문이 진실인가에 대해서는 내심 의심했다. 그럴 수밖에 없었던 것이, 스

---

* 기원후 1세기부터 이베리아반도에 정주했지만 15세기 로마 가톨릭 왕국들의 레콘키스타(reconquista, 재정복)의 여파로 추방되어 주로 오스만 제국과 북서 아프리카 지역에 흩어져 살았던 유대인들로 '세파라딤'으로 불린다. 중부 및 동부 유럽의 유대인, 그리고 독일계 유대인에 해당하는 '아슈케나짐'과 구분된다.

페인에서 되돌아온 이후로 랍비가 영위하는 삶의 방식이 확연하게 정갈하고 경건하며 진지했기 때문이다. 그는 하찮은 종교 관습도 지나치게 꼼꼼할 정도로 성실하게 지켰으며, 매주 월요일과 목요일에 단식했고, 안식일 또는 축일에만 고기와 포도주를 즐겼다. 그는 기도와 학문에 전념하며 하루를 보냈는데, 낮에는 그의 명성을 듣고 바헤라흐로 몰려든 학생들에게 신의 율법을 설명하고, 밤에는 하늘의 별을 관찰하거나 아름다운 사라의 눈을 바라보았다. 두 사람 사이에 자녀는 없었다. 그러나 살고 활동하는 데에 부족한 것은 없었다. 그의 집은 유대 회당 옆에 있었다. 집의 넓고 큰 방은 공동체가 사용할 수 있도록 활짝 개방되었다. 사람들은 성큼성큼 큰 걸음으로 이곳을 드나들면서 간단히 기도를 올린다거나 새로운 정보를 얻었으며, 문제가 생겼을 땐 자문을 구했고, 아이들은 안식일 아침 회당에서 주말 독서가 낭독되는 동안 이곳에서 놀았다. 결혼식과 시신을 운구할 때도 사람들은 이곳에 모였다. 싸우고 화해하는 곳도 이곳이었다. 추운 사람은 이곳 난로에서 온기를 느낄 수 있었고, 배고픈 사람은 이곳에서 풍성한 식사를 할 수 있었다. 게다가 랍비의 수많은 친척과 형제자매들이 식솔을 이끌고 이곳으로 모여들었다. 그뿐만이 아니었다. 그와 아내에게 삼촌뻘 또는 숙모뻘인 사람들은 물론이고 랍비를 가문의 수장으로 여기는 먼 친척들도 이른 아침부터 늦은 밤까지 그를 찾았다. 또한 축제가 열리면 모든 사람이 함께 그곳에서 식사를 했다. 매년 반복되는, 매우 오래되고 멋진 축제인 유월절*에 열리는 가족 연회는 더욱 특별했다. 이 축제는 지금도 전 세계의 유대인들이 니산월*의 열네 번째 날 전야에 이집트 종살이에서 해방된 사건을 영원히 기념하기 위해 열린다. 유월절 의식은 다음과 같은 순서로 진행된다.

밤이 되면 집의 여주인은 등을 밝히고 테이블에 식탁보를 펼친 다음 누룩이 들어가지 않은 납작한 빵 세 개를 가운데에 놓아두고, 그 위를 냅킨으로 덮는다. 이어 그녀는 불쑥 튀어나온 곳에 여섯 개의 작은 접시를 얹는다. 접시에는 상징적인 음식, 즉 달걀, 상추, 무, 양의 뼈, 그리고 건포도, 계피, 견과류를 섞어 놓은 갈색의 음식들이 담긴다.

---

* 유월절(逾越節)은 유대교의 3대 절기 중 하나다. 히브리어 페사흐(Pesach, 넘어가다)에서 유래한 단어로 재앙과 죽음을 넘어 구원받음을 기념하는 축제다.
* 니산월 : 히브리력으로 첫 번째 달이며 그레고리력으로는 3~4월에 해당한다.

가장은 식탁에 앉은 친척들과 친지들에게 '아가다*'로 불리는 유대 민족의 모험을 다룬 책의 한 구절을 낭송한다. 이 책은 선조들에 대한 전설, 이집트에서 탈출할 때 일어났던 기적과 같은 이야기, 진기한 일화들, 논쟁거리, 기도, 축제 때 부르는 노래들처럼 서로 다른 내용이 한데 섞여 있는 독특한 체계를 가지고 있다. 저녁 만찬은 의식이 중반부에 들어선 이후에 본격적으로 열린다. 하지만 낭송의 어느 부분에 이르면 상징적인 음식들을 맛볼 수 있다. 아울러 누룩이 들어가지 않은 빵 조각을 먹을 수 있고, 네 개의 잔에 담긴 붉은 포도주도 마실 수 있다. 슬픈 듯 유쾌하고, 진지하면서도 흥겹고, 동화처럼 신비로운 것이 바로 이 저녁 축제의 특징이다. 가장은 과거로부터 전해진 방식대로 노래 부르듯《아가다》를 낭송하고, 청중은 가장이 읽은 부분을 합창하듯 따라 부른다. 그 소리는 소름 끼치듯 무섭게 내면을 파고들지만, 어머니의 자장가 노랫소리

---

* 아가다 : 유연성과 다양성의 특징을 지닌 비율법적 해석서. 《할라카》가 유대인의 삶을 지배하는 율법을 엄격하게 해석한 것이라면, 《아가다》는 《할라카》 이외의 내용, 즉 전설, 설화, 교훈 등의 이야기를 통해 사람들을 간접적으로 가르치는 역할을 한다.

처럼 들리기도 하는데, 그 소리는 오랫동안 선조들의 신앙을 멀리하고 이교도들이 탐닉하는 즐거움과 명예를 얻으려 혈안이 되었던 유대인들의 잠자고 있던 내면을 깨운다. 오래되고 익숙한 유월절 노랫가락을 우연히 접하고 크게 감동할 수밖에 없는, 유대인의 심금을 울리는 소리이기 때문이다.

집의 넓은 방에서 랍비 아브라함은 친척, 학생, 여러 손님과 함께 유월절 축제의 저녁 의식을 시작했다. 방은 평상시보다 더 멋지게 장식되었다. 식탁에는 길게 바닥까지 늘어진 금술의 화려하게 수놓인 비단 덮개가 깔려 있고, 가물가물 빛나며 아늑한 분위기를 더하는 상징적인 음식을 담은 작은 접시들과 강제 노역으로 내몰린 선조들의 성스러운 이야기를 멋지게 장식하기 위한 포도주가 가득 담긴 잔들이 놓여 있었다. 남자들은 검은 외투와 역시 검은색의 납작한 모자, 그리고 흰색의 목가리개 차림이었고, 여자들은 롬바르디아산 천으로 만든 영롱하게 반짝이는 옷을 입었으며, 머리와 목에는 금과 은으로 만든 장신구를 착용했다. 은으로 만든 유월절 램프는 경건함으로 충만한 노인들과 청년들의 얼굴을 화사하게 비추었다. 다른 것보다 더 고상한 분위기를 풍기는 의자에는 보라색 비로드 방석이 놓여 있었는데, 관습대로 랍비 아브라함이 그 위에 비스듬히 기대앉아 《아가다》를 읽고 노래 불렀으며, 합창대는 정해진 곳에 이르면 아름다운 화음으로 화답송을 불렀다. 랍비도 검은색 예복을 입었다. 우아하고 조금은 엄숙한 분위기의 예복이지만, 평상복보다 더 따뜻한 느낌을 주는 옷이었다. 갈색의 턱수염 사이로 미소를 짓는 그의 입술이 엿보였다. 특히 매우 좋아하는 내용의 이야기를 읽을 때 그랬다. 그의 눈에선 행복했던 시절에 대한 추억과 예감이 헤엄치듯 어른거렸다. 그의 옆 고상한 분위기의 방석에 앉은 아름다운 사라는 여주인을 의미하는 그 어떤 장신구도 착용하지 않았다. 백색의 아마포만이 그녀의 날씬한 육체와 경건한 모습의 얼굴을 감싸고 있을 뿐이었다. 아름다운 그녀의 얼굴은 감동적이라고 할 만했다. 대체로 유대 여인의 아름다움이 사람의 마음을 움직일 정도이긴 하지만 말이다. 그러나 그녀의 매력적인 얼굴에는 고통의 자각, 즉 친척들과 친구들이 지독한 불행에 빠지고 감당하기 어려운 모욕을 감수하며 심각한 위협 속에 삶을 영위하고 있다는 고통스러운 통찰과 늘 주위를 살피는 두려움이 서려 있었는데, 그 모습이 이상하게도 사람들의 마음을 사로잡았다. 아름다운 사라는 끊임없이 남편의 눈을 좇으면서 가끔 앞에 놓여 있는, 선조들의 시대를 거쳐 오며 색이 변하고 포도주 자국이 남아 있는 황금과 비로드로 제본된 오랜 유물과 다름없는 양피지로 만든 책을 들여다보았다. 책에는 소녀 시절 유월절 저녁에 즐겨 보았던 화려하게 채색된 그림과 더불어 《성경》에 등장하는 온갖 이야기들이 그림으로 그려져 있었다. 아브라함이 그의 아버지가 섬기는 돌로 만든 우상을 망치를 들어 둘로 쪼개는 장면, 천사가 그에게 왔을 때, 모세가 미스라임을 죽이는 장면, 당당한 모습으로 권좌에 앉은 파라오, 개구리들이 심지어 식탁에까지 뛰어올라 그를 괴롭히는 장면, 다행스럽게도 그가 익사하는 장면, 이스라엘 사람들이 조심스럽게 홍해를 건널 때, 양과 암소, 황소들을 이끌고 온 그들이 시나이산 앞에서 놀라서 입을 크게 벌리고 서 있는 장면, 경건한 왕 다윗이 하프를 연주하는 장면, 그리고 마지막으로 태양 빛을 받아 빛나는 성전 탑과 장벽의 장엄한 풍경이 그려져 있었다.

두 번째 잔이 채워졌다. 사람들의 얼굴과 목소리가 한결 밝아졌다. 랍비는 누룩이 들어가지 않은 빵 중 하나를 집어 즐겁게 맞이하듯 들어 올리고 《아가다》에 등장하는 구절을 읽었다.

"보라! 이것은 우리 선조들이 이집트에서 즐겼던 음식

이다! 굶주린 자는 와서 즐겨라! 슬픈 자는 와서 유월절의 기쁨을 나누어라! 이번 해에는 이곳에서 축제를 벌이지만, 다음 해에는 이스라엘 땅에서 축제를 벌이자! 지금은 노예 신세이지만, 내일은 자유의 아들이 되어 축제를 벌이자!"

그때 방문이 열렸다. 그리고 폭이 큰 외투로 몸을 두른 큰 키의 창백한 얼굴을 한 두 남자가 방으로 들어왔다. 한 남자가 말했다.

"평화가 함께하기를 빕니다. 저희는 여러분의 형제들이며 여행 중입니다. 유월절 축제를 함께 축하드리고 싶습니다."

랍비가 신속하고 친절하게 대답했다.

"평화가 함께하기를 빕니다. 여기 제 곁에 앉으십시오."

낯선 두 사람이 식탁에 앉자 랍비는 낭독을 이어 갔다. 다른 사람들이 그의 말을 따라 하는 동안에 그는 가끔 아내를 향해 애정을 듬뿍 담아 말을 건넸다. 유대인 가장은 이날 밤이 되면 자신을 왕으로 생각한다는 옛 농담을 넌지시 암시하듯 랍비가 아내에게 말했다.

"기뻐하시오, 나의 여왕님!"

하지만 그녀는 애처로운 표정이 섞인 미소를 지으며 이

렇게 대답했다.

"우리에겐 왕자가 없군요!"

그녀가 말한 왕자란, 《아가다》에 적혀 있듯이, 아버지에게 축제의 의미를 묻는 역할을 하는 아들을 의미했다. 랍비는 대답하지 않았다. 그저 손가락으로 방금 펼쳐진 《아가다》의 그림들을 넌지시 가리킬 뿐이었다. 매우 우아한 그림들이었다. 세 천사가 아브라함을 방문하여 아내 사라에게서 아들을 얻게 될 거라고 그에게 전하고 영리한 여인인 사라가 천막 문 뒤에서 대화를 엿듣는 장면이었다. 이 은밀한 손짓에 아름다운 사라의 뺨이 세 배는 더 빨개졌다. 그녀는 눈을 내리깔았다. 그러더니 노래를 부르듯 멋지게 낭독을 이어 가는 남편을 다정하게 올려다보았다.

"랍비 여호수아, 랍비 엘리야, 랍비 아사리아, 랍비 아키바, 보나브락의 랍비 타르펜이 몸을 기댄 채 앉아 밤이 지새도록 이집트에서 이스라엘 백성들이 탈출했던 것에 관한 대화를 나누었다. 그들의 대화는 학생들이 와서 날이 밝았고 회당에서 벌써 아침 기도가 시작되었다는 것을 알릴 때까지 계속되었다."

남편을 계속 바라보면서 기도문을 경건하게 듣던 아름

다운 사라는 그의 얼굴이 갑자기 참혹하게 일그러져 그대로 경직된 걸 알아차렸다. 눈은 고드름처럼 날카롭게 한 곳을 뚫어지게 바라보고 있었고 뺨과 입술에서는 핏기가 사라졌다. 그런데 거의 동시에 그가 안정을 되찾더니 다시 유쾌한 표정을 지었다. 입술과 뺨은 다시 붉어졌고, 눈 역시 활기차게 주위를 둘러보고 있었다. 어찌 된 영문일까. 게다가 이상하리만치 광기 들린 것 같지 않았나. 아름다운 사라는 평생 이렇게 놀란 적이 없었다. 가슴속에서 차오르는 두려움에 온몸이 떨렸다. 일순간 남편의 얼굴에서 보았던 경악 때문이 아니었다. 점점 더 환호를 올리며 기뻐 어쩔 줄 모르는 그의 유쾌한 모습 때문이었다. 랍비는 장난치듯 납작한 모자를 한 귀에서 다른 귀로 삐딱하게 옮겨 쓰고, 익살맞게 턱수염을 당기고 비비 꼬았으며,《아가다》구절을 거리의 악사들이 부르듯이 노래했다. 여러 번 집게손가락을 포도주가 가득 담긴 잔에 집어넣은 다음 손가락에 묻은 포도주 방울들을 땅에 흘려보내는 의식을 행하는 이집트에 닥친 재앙 이야기 부분에서 그는 어린 소녀들에게 붉은 포도주를 흩뿌렸다. 그러자 옷깃 주름 장식을 더럽혔다고 소녀들은 잔뜩 투정을 부렸고, 그 모습을 보며 사람들이 쩌렁쩌렁 울리는 큰 소리로 웃었다. 아름다운 사라는 지나칠 정도로 익살을 부리는 남편의 행동을 보며 무언가 심상치 않다고 느꼈다. 알 수 없는 두려움에 가슴이 답답했다. 그녀는 화려한 색상의 반짝이는 옷을 입고 웅성대는 사람들을 보았다. 껍데기가 얇은 유월절 빵 조각을 씹거나 포도주를 홀짝거리면서 느긋한 마음으로 방 안을 이리저리 걸어 다니는 사람들이 있는가 하면, 수다를 떨거나, 기분이 좋은 나머지 큰 소리로 노래를 부르는 사람도 있었다.

저녁 만찬 시간이 되었다. 손을 씻기 위해 사람들이 모두 자리에서 일어났고, 황금 형상들이 화려하게 양각 세공된 큰 은제 대야를 가지고 온 아름다운 사라가 손님들의 손에 물을 부었다. 랍비의 차례가 되었을 때였다. 의미심장한 표정을 지으며 랍비가 그녀에게 따라오라고 눈짓을 보냈다. 그리고 살며시 문밖으로 빠져나갔다. 아름다운 사라가 그의 뒤를 쫓았다. 랍비는 덥석 아내의 손을 잡고 서둘러서 바헤라흐의 어두운 골목길을 지나 성문 밖으로 빠져나간 다음 라인강을 따라 빙겐으로 이어지는 큰길로 향했다.

덥지도 춥지도 않은 별 밝은 봄밤이었지만, 영혼은 알 수 없는 두려움에 휩싸였다. 꽃에선 시체 냄새가 났고, 새들은 심술궂게, 하지만 두려운 듯 지저귀었으며, 달은 짙은 어둠 속에 속삭이듯 흐르는 물 위로 음흉하게 누런색 광선을 드리웠다. 강기슭의 높다란 바윗덩어리가 흔들거리는 거인의 머리처럼 위협적이었다. 슈탈레크성의 망루지기가 부는 울적한 멜로디의 피리 소리가 날카롭게 비명 지르듯 울리는 성 베르너 교회의 조종 소리와 섞여 들렸다. 아름다운 사라의 오른손엔 은제 대야가 들려 있었고, 왼손은 랍비의 손에 아직도 꽉 잡혀 있었다. 그녀는 얼음같이 차가운 그의 손가락처럼 얼어붙었다. 그의 팔처럼 그녀의 몸도 떨렸다. 하지만 침묵을 지키며 그녀는 그를 따랐다. 남편을 맹목적으로, 그리고 한 치의 의심 없이 따르고 순종하는 것은 이미 오래전부터 그녀에겐 익숙한 일이었다. 어쩌면 가슴을 파고드는 두려움 때문에 입술이 굳게 닫혔는지도 모른다.

존네크성 아래쪽, 로르흐 건너편, 현재 작은 마을 니더라인바흐가 위치한 곳에 불쑥 솟은 바위가 하나 있었다. 바위 위 편평한 면은 라인강 기슭을 따라 활처럼 굽으며 밖으로 돌출되어 있었다. 바로 이 바위에 랍비 아브라함이 아내와 함께 올랐다. 주위를 살피던 그가 고개를 들어 별을 응시했다. 그의 옆에서 오들오들 떨며 죽음의 공포로 몸이 얼어붙은 아름다운 사라가 달빛에 유령처럼 빛나는 남편의 창백한 얼굴을 바라보고 있었다. 고통 때문일까. 아니면 두려워서 그런 것일까. 또는 기도하는 것인지도. 아니면 분노 때문에 얼굴이 움찔거리는 것일까. 랍비가 갑자기 은제 대야를 그녀의 손에서 빼앗아 몸에 묻은 흙을 털어 내듯 라인강에 던져 버렸다. 그제야 비로소 그녀는 소름 끼치는 두려운 감정에서 벗어날 수 있었다. 그리고 외쳤다.

"은총이 가득하신 샤다이!"*

그녀는 남편의 발 앞에 엎드리고 비밀을 털어놓으라고 애원했다.

랍비는 말 못 하는 사람처럼 소리 없이 여러 번 입술을 씰룩이던 끝에 말했다.

"죽음의 천사가 보이지 않소? 저기 아래 바헤라흐의 상공을 맴돌고 있소! 우리는 천사의 큰 칼을 피해 도망친 것이오. 주님, 영광 받으소서!"

---

* '샤다이'는 하느님의 이름이다. 〈창세기〉 17장 1절에서 하느님이 아브라함에게 나타날 때 스스로를 '엘 샤다이'라 일컬었다. 한글 《성경》에는 '전능한 하느님' 등으로 번역되어 있다.

그리고 그는 끔찍했던 공포가 아직 사라지지 않은 듯 떨리는 목소리로 말했다. 느긋한 마음으로《아가다》를 노래하면서 뒤로 기대앉은 그가 우연히 식탁 아래를 보았는데, 발 근처에 피투성이가 된 어린이의 시체가 놓여 있었다는 이야기였다.

"그때 나는 알아차렸소."

랍비가 말을 이었다.

"뒤늦게 들어온 두 명의 손님은 이스라엘 공동체 사람이 아니고, 우리에게 어린이를 살해했다는 누명을 씌워 우리를 약탈하고 죽이라고 사람들을 부추기려 시체 하나를 몰래 우리 집 안으로 들여놓기로 계획을 세운 주님을 모르는 자들의 무리였소. 나는 끔찍한 일이 일어날 거라는 확신을 다른 사람이 눈치채도록 할 수 없었소. 그랬더라면 파멸은 더욱 가속되었을 거요. 속임수를 쓰지 않았더라면 우리는 목숨을 구하지 못했을 거요. 주님 영광 받으소서! 두려워하지 마오, 아름다운 사라. 우리 친구들과 친척들도 무사할 거요. 극악무도한 그자들이 노리는 것은 오로지 나의 피란 말이오. 내가 그들에게서 도망쳤으니, 이제 그들은 나의 황금과 은을 차지하고 만족할 것이오. 아름다운 사라, 불행을 뒤로하고, 불행이 우리를 따라오지 않도록 다른 지역으로 갑시다. 내가 가진 마지막 재산이었던 은제 대야는 화해를 청하며 던진 것이오. 선조들이 믿었던 신은 우리를 떠나지 않을 것이오. 이리로 내려오시오, 당신은 피곤하오. 저기 아래 작은 배에 빌헬름이 있소. 그가 우리를 라인강 상류로 데리고 갈 것이오."

아름다운 사라는 말을 잃었다. 온몸이 부서진 듯 쓰러진 그녀를 팔로 안고 랍비는 천천히 물가를 향해 내려갔다. 그곳엔 농아지만 그림처럼 아름다운 소년 빌헬름이 서 있었다. 랍비의 이웃이기도 한 늙은 양모를 먹여 살리기 위해 고기잡이하는 소년이 이곳에 배를 묶어 둔 것이었다. 그는 랍비의 의도를 헤아리고 기다린 것 같았다. 굳게 다문 그의 입은 애정 어린 연민을 머금고 있었다. 크고 푸른 눈으로 아름다운 사라를 의미심장하게 바라보던 소년이 조심스럽게 그녀를 배 안으로 옮겼다.

소년의 눈길이 의식을 잃은 아름다운 사라를 깨웠다. 그녀는 남편이 들려준 이야기 전부가 꿈이 아니라는 사실을 문득 알아차렸다. 눈물이 강이 되어 입고 있던 흰옷처럼 하얀 그녀의 뺨을 타고 처절하게 흘러내렸다. 대리석 조각 같은 그녀는 작은 배 한가운데에 앉았고 남편과 빌헬름은 열심히 노를 저었다.

단조롭게 반복된 노 젓기 탓에, 아니면 배가 앞뒤로 흔들려서, 그것도 아니면 마음을 행복하게 만들어 주는 산기슭에서 풍겨 오는 향기 때문일 것이다. 봄밤에 정겹고 물 맑은 라인강에서 작고 가벼운 배에 오르면, 이 세상에서 가장 우울한 사람이라 하더라도 이상하리만치 위안을 얻기 마련이다. 분명 그렇다. 나이 지긋하고 마음 좋은 아버지 같은 라인강은 자식들이 우는 것을 견디지 못한다. 그는 흐르는 눈물을 닦아 주며 자식들을 팔로 안아 이리저리 흔들고, 이 세상에서 가장 아름다운 동화를 들려주며, 가장 값진 보물이 어디에 있는지, 어쩌면 아주 오래전에 깊은 곳으로 가라앉은 니벨룽겐의 거처마저 알려 주겠다고 약속할지도 모른다. 눈물 젖은 아름다운 사라의 마음이 조금씩 누그러졌다. 그녀를 괴롭히던 고통도 속삭이듯 흐르는 파도 소리에 사라졌다. 밤은 이제 사람을 두렵게 만드는 공포의 존재가 아니다. 그녀에게 고향의 산들이 애정을 듬뿍 담아 작별 인사를 보내고 있다는 생각이 들었다. 가장 좋아하는 산인 케드리히가 특히 다정하게 손을 흔든다. 그런데 달빛으로 반짝이는 케드리히 정상에 소심하게 양팔을 뻗친 한 소녀가 서 있고, 절벽의 갈라진 틈에선 난쟁이들이 나와 이리저리 기어다니며, 말을 타고 전속

력으로 산을 오르는 어떤 기병의 모습도 보이는 것 같았다. 아름다운 사라는 다시 소녀 시절로 돌아가 로르흐에서 온 숙모의 무릎 위에 앉아 있다는 생각이 들었다. 바로 그 숙모가 난쟁이들에 의해 납치된 가련한 소녀를 구하는 용감한 기병 이야기를 들려주었다. 또 다른 이야기들도 있다. 버젓하게 말할 줄 아는 새들이 있는 기이한 비스퍼* 계곡, 고분고분한 어린이들만 갈 수 있는 후추과자 나라, 마법에 걸린 공주, 노래하는 나무들, 온통 유리로 지어진 성, 황금으로 만들어진 다리, 미소 짓는 요정…. 하지만 아름다운 사라는 소리 나고 반짝이는 이 아름다운 동화들을 들려주는 숙모의 말소리 사이사이에서 그따위 이야기들을 지껄이며 어린아이의 머릿속에 어리석음을 집어넣는다고 화를 내며 가련한 숙모를 꾸짖는 아버지의 목소리를 들었다. 그러자 곧 그녀는 아버지가 앉아 있는 비로드 안락의자 앞에 놓인 작은 의자에 앉힌 것 같은 느낌이 들었다. 아버지는 부드러운 손으로 그녀의 긴 머리를 쓰다듬으며 즐거운 듯 눈웃음 짓고, 푸른색 비단으로 지은 안식일에 입는 넓은 폭의 옷 안에 그녀를 넣어 이리저리

---

* 비스퍼 : 라인강의 지류다.

흔들었다. 그날은 아마도 안식일이었을 거다. 왜냐하면 식탁 위엔 화려한 꽃무늬 덮개가 펼쳐져 있고, 모든 가재도구가 거울처럼 반짝일 정도로 문질러 닦여 있었으니까. 아버지 옆에는 흰 수염을 기른 공동체 관리장이 앉아서 건포도를 씹으면서 히브리어로 말하고 있었다. 작은 아브라함 역시 있었다. 그는 큼직한 《성경》을 가지고 와서 삼촌에게 《성경》의 한 구절에 관해 설명해 줄 수 있냐고 겸손하게 부탁했는데, 그는 지난 한 주 동안 공부를 많이 했다는 걸 삼촌에게 은근히 자랑하며 칭찬받고 과자를 얻을 생각이었다. 작은 소년은 이제 책을 의자의 폭넓은 팔걸이에 올려 두었다. 아버지는 야곱과 라헬에 관한 이야기를 들려주었다. 사촌 누이 라헬을 처음 보고 사랑에 빠진 야곱이 사랑의 열병을 앓으며 큰 소리로 울부짖는 모습, 다정하게 그녀와 함께 우물가에서 대화하는 장면, 그녀를 얻기 위해 7년 동안 봉사해야 했지만, 그 시간은 쏜살같이 지나갔고, 결국 라헬과 결혼하여 오래도록 사랑을 나누었다는 이야기였다. 갑자기 아름다운 사라는 당시에 아버지가 장난치듯 소년에게 말씀하셨던 것이 생각났다.

"너도 네 사촌 누이인 사라와 결혼하고 싶지 않니?"

그러자 작은 아브라함은 진지한 모습으로 이렇게 대답했다.

"그렇게 할 거예요. 사라는 7년을 기다려야만 해요."

과거의 이런 장면들이 아름다운 여인의 영혼 속에 어렴풋이 떠올랐다. 지금은 이토록 성장하여 남편이 되었지만, 작은 사촌과 그녀는 나뭇잎으로 인 오두막집에서 천진난만하게 함께 놀며 벽에 걸린 양탄자며 꽃들, 그리고 거울과 황금 사과에 마음을 빼앗겼다. 어린 시절의 아브라함은 늘 자상했건만 점점 무뚝뚝해지더니 결국에는 완전히 부루퉁한 사람이 되어 버렸다. 그리고 마침내 그날이었다. 어느 토요일 저녁 그녀는 홀로 방에 앉아 있었다. 창문을 통해 들어온 달빛이 무척 밝았다. 그런데 갑자기 문이 활짝 열리더니 사촌 아브라함이 불쑥 들어왔다. 여행복 차림의 그는 죽은 사람처럼 안색이 창백했다. 그는 불쑥 그녀의 손을 잡더니 손가락에 반지를 끼우고 엄숙하게 말했다.

"이것으로 나는 모세와 이스라엘의 율법에 따라 그대를 내 아내로 삼았소! 그런데…"

떨리는 목소리로 그가 말을 이었다.

"지금 나는 스페인으로 가야만 하오. 안녕. 그대는 7년 동안 나를 기다려야만 할 것이오!"

그러고는 그는 훌쩍 떠나 버렸다. 아름다운 사라는 울음 섞인 목소리로 아버지에게 모든 것을 이야기했다. 아버지의 분노는 이루 말할 수 없었다.

"머리카락을 잘라라. 너는 이제 결혼한 여자다!"

아버지는 이혼장을 얻어 내기 위해 아브라함을 추격했다. 하지만 그는 이미 산을 여럿 넘어간 후였다. 아버지는 아무 말 없이 집으로 돌아왔다. 아름다운 사라는 말 장화를 벗는 아버지를 도우며 위로하듯 말했다. 아브라함은 7년이 지나면 돌아올 거라고. 그때 아버지가 욕을 퍼부었다.

"7년 동안 거지가 되어 살아라!"

아버지는 곧 세상을 떠났다.

서툰 그림자 연극을 보듯 이렇게 지난 시절의 일들이 그림이 되어 그녀의 의식을 통해 빠르게 흘러 지나갔다. 그림들은 기이한 모습으로 서로 뒤섞였다. 중간중간 잘 알고 있는 것들도 있었지만, 길게 수염을 기른 낯선 얼굴들이나 동화에나 등장하는 넓은 잎이 달린 거대한 꽃들도 볼 수 있었다. 라인강이 《아가다》의 멜로디를 읊는가 싶더니 《아가다》에 등장하는 여러 형상이 나타났다. 실물 크기 그대로였다. 하지만 일그러지고 제멋대로 만들어진 것이었다. 이스라엘 민족의 족장 아브라함이 근심스러운 얼굴로 우상을 부수고, 미스라임은 두려워하며 화를 내는 모세에게 맞서 저항했다. 시나이산에선 번개가 치고 불꽃이 이글거렸다. 홍해에서 헤엄치는 파라오는 끝이 뾰족한 왕관을 이빨로 꽉 물고 있었다. 그 뒤로 사람의 얼굴 형상을 한 개구리들이 보였고, 거품에 잠긴 파도가 쏴 하고 밀려오는 가운데 검은색의 거대한 손 하나가 위협하듯 바다에서 불쑥 솟아올랐다.

그것은 하토의 쥐 탑*으로 마침 배가 빙겐의 소용돌이를 헤쳐 나가고 있던 참이었다. 배의 급격한 흔들림으로 몽상에서 깨어난 아름다운 사라는 강기슭의 산들을 바라보았다. 산꼭대기에 있는 성의 횃불이 가물거리며 반짝이고, 성의 발치 주위에 밤안개가 드리워져 있었다. 문득 그녀는 시신 얼굴을 하고 바람에 나부끼는 하얀 수의 차림으로 공포에 질려 라인강을 따라 달리는 친구들과 친척들을 본 것 같았다. 눈앞이 캄캄했다. 얼음같이 차가운 강물이 그녀의 영혼 안으로 흘러들어 왔다. 잠이 들 때처럼 랍비

---

* 하토의 쥐 탑 : 라인강 언저리의 소도시 뤼데스하임과 빙겐 사이 강 한복판에 사악한 주교 하토가 쥐들의 공격을 피할 목적으로 세운 탑이다.

의 밤 기도문 낭송 소리가 들렸다. 병들어 아픈 사람처럼 불안한 그녀는 천천히 그리고 꿈꾸듯 중얼거렸다.

"오른쪽으로 만 명, 왼쪽으로 만 명의 군사가 와서 이 밤의 위협에서 왕을 지켜 주소서…."

그러자 그녀를 위협하던 어둠과 공포가 일순간 사라졌다. 우중충한 장막이 하늘에서 거둬지고 망루와 성문, 황금색으로 빛나는 성전과 함께 성도 예루살렘의 형상이 떠올랐다. 그녀는 성전 안뜰에 노란 안식일 예복을 입고 만족한 듯 눈웃음을 지으며 서 있는 아버지와 둥근 성전 창문을 통해 반갑게 인사하는 친구들과 친척들의 모습을 보았다. 신앙이 독실한 다윗 왕은 보라색 망토를 두르고 반짝이는 왕관을 쓴 모습으로 지성소*에서 무릎을 꿇고 있었다. 아름다운 사라는 감미로운 노래와 현악기 소리가 울려 퍼지는 가운데 행복한 미소를 지으며 잠들었다.

---

* 지성소 : 히브리어 《성경》에 등장하는 용어로서 여호와가 거하는 곳이며 대제사장만이 출입할 수 있는 장소다.

2.

잠에서 깬 사라는 태양 빛에 거의 눈이 머는 듯했다. 대도시의 높다랗게 솟은 망루들이 보였다. 농아 빌헬름은 갈고리를 이용해 깃발이 펄럭이는 배들의 혼잡한 틈 사이로 배를 조정하고 있었다. 배들에는 지나가는 다른 배들을 한가로이 바라보는 사람들 아니면 상자, 짐, 통 등을 작은 배에 옮겨 육지로 실어 나르기 위해 부산하게 움직이는 사람들이 타고 있었다. 육지에서 들려오는 소음은 귀가 먹을 지경이었다. 부두로부터 뱃사공들과 상인들의 시끌벅적한 소리가 들려왔다. 붉은 옷차림의 하얀 지팡이를 쥐고 이 배에서 저 배로 껑충껑충 뛰어넘어 다니는 하얀 낯빛의 세관원들 잔소리도 들렸다.

랍비가 빙그레 미소를 지으며 아내에게 말을 걸었다.
"아름다운 사라, 이곳이 바로 세계적으로 유명한 자유로운 제국의 도시이자 상업의 도시인 프랑크푸르트 암 마인이오. 우리는 지금 마인강을 따라 배를 타고 가고 있소. 저기 정겨운 집들과 푸른 언덕으로 감싸인 곳이 바로 작센하우젠이오. 저곳에서 절뚝이 굼페르츠가 초막절*이면 아름다운 미르테꽃을 가지고 온다오. 여기의 이것은 열세 개의 아치가 있는 튼튼한 마인강 다리요. 많은 수의 사람과 마차, 그리고 말이 안전하게 건너다닐 수 있소. 다리 가운데에는 작은 집도 있소. 유모 토이프헨이 언젠가 말해 주었는데, 저 집에 세례를 받은 유대인이 산다고 했소. 그는 죽은 쥐를 가져다주는 사람에게 6헬러*를 지급하고 매년 시 의회에 5천 마리 쥐의 꼬리를 공급해야만 하는 유대인 공동체로부터 다시 그 돈을 받는다오."

프랑크푸르트 유대인들이 쥐들과 전쟁을 벌인다는 이야기를 듣고 아름다운 사라는 큰 소리로 웃지 않을 수 없었다. 투명한 햇빛과 처음 보는 화려한 세계는 지난밤의 두려움과 놀람을 그녀의 영혼에서 말끔하게 쫓아 버렸다. 남편과 농아 빌헬름의 도움으로 배에서 뭍으로 내려진 그녀는 기쁜 나머지 안도의 한숨을 내쉬었다. 하지만 빌헬름은 아름답고 짙은 청색의 눈동자로 오랫동안 그녀의 얼굴을 바라보았다. 반쯤은 걱정스럽고, 반쯤은 다행이라는

---

* 초막절 : 유대교의 3대 절기 중 하나로 추수감사절의 의미도 지니고 있다.
* 헬러 : 중세 시대에 사용하던 적은 가치의 동전이다.

표정이었다. 그러더니 다시 의미심장한 표정으로 랍비를 쳐다보더니 껑충 뛰어 배로 돌아가 순식간에 사라졌다.

"농아 빌헬름은 죽은 내 동생과 닮은 데가 참 많아요."
아름다운 사라가 말했다.
"천사들은 모두 비슷하게 보이지."
랍비가 가볍게 대답했다. 그는 아내의 손을 잡고 부활절 시기여서 나무 좌판들이 즐비한 부두의 인파를 헤치고 그곳을 빠져나갔다. 두 사람이 어둑어둑한 마인성 문을 통과해 들어온 도시 안 소음 역시 사람들의 왕래로 만만치 않았다. 좁다란 골목길에는 상점들이 줄지어 있었다. 프랑크푸르트의 모든 곳이 그렇지만, 집 대부분은 상업 활동을 위해 지어진 것이었다. 지층의 집들에는 창문 대신 넓게 개방된 아치문만 달려 있었다. 그래야만 지나다니는 사람들이 실내 안을 깊숙이 들여다보고 전시된 물건들을 잘 볼 수 있기 때문이었다. 시장에 있는 값비싸고 한 번도 본 적이 없는 호사스러운 것들에 아름다운 사라가 얼마나 놀랐던가! 베네치아에서 온 상인들은 동방의 나라와 이탈리아에서 가져온 사치품들을 내놓고 흥정하고 있었다. 아름다운 사라는 겹겹이 쌓여 있는 장식품과 보석, 화려한 모자와 코르셋, 황금으로 만든 팔찌와 목걸이, 여인들의 감탄을 부르고 치장의 욕구를 자극하는 겉만 번지르르한 싸구려 물건들에게서 눈을 뗄 수 없었다. 화려하게 수놓인 비단들이 말을 걸면서 기억 속에 남아 있는 온갖 진기한 이야기들을 회상하라고 아름다운 사라를 부추겼다. 어린 시절 프랑크푸르트 시장으로 그녀를 데려가겠다던 토이프헨 유모의 약속이 실현된 것일까. 그때 자주 들었던 아름다운 옷들 앞에 서 있지 않은가. 옷들을 바헤라흐로 가져갈 걸 생각하며 그녀는 속으로 기뻐했다. 두 꼬마 조카 블륌헨과 푀겔헨 중 누가 비단으로 만든 이 푸른 허리띠를 더 좋아할까. 저 초록색 바지는 꼬마 고트샬크에게 잘 맞을까. 그러다 갑자기 그녀가 혼잣말을 했다. 맙소사! 그 아이들은 이미 키가 커 버렸어, 그리고 어제 모두 살해당했어! 깜짝 놀란 그녀의 머릿속에 공포에 질렸던 어젯밤 장면들이 다시 떠올랐다. 그런데 눈이 천 개나 달린 악당의 눈처럼 반짝이는 황금 실로 수놓인 옷이 그녀에게 무서운 생각일랑 모두 잊어버리라고 말하는 듯했다. 그녀는 머리를 들어 남편의 얼굴을 바라보았다. 먹구름이 말끔하게 갠 명랑한 모습이었다. 늘 그러하듯 신중하지만 부드러움을 잃지 않은 얼굴이었다.

"눈을 감으시오, 아름다운 사라."

랍비가 말했다. 그리고 다시 아내와 함께 밀려드는 인

파를 헤치며 앞으로 나아갔다.

  얼마나 번잡한 곳인가! 사람들 대부분은 상인이었다. 큰 소리를 지르며 상대방과 물건값을 흥정하거나 손가락을 꼽으며 혼잣말로 계산을 하는 그들 뒤로, 높다랗게 짐을 짊어지고 총총걸음으로 빠르게 가면서 구매한 물건들을 여인숙으로 옮기는 사람들도 있었다. 또 다른 얼굴들도 보였다. 단순히 호기심에 이끌려 이곳으로 온 사람들일 것이다. 황금 목걸이와 붉은 외투 차림에서 그들이 사회적으로 영향력을 행사하는 명망가에 속한다는 것을, 그리고 부유한 자의 행색이 드러나는 검은 옷에서 그들이 존경받고 자긍심 넘치는 전통 시민 사회 계층에 속한 사람들이라는 것을 눈치챌 수 있었다. 프로이센풍의 철제 헬멧을 쓰고 가죽으로 만든 황색 외투 차림의 박차가 달린 장화를 신은 중무장 기사의 시종도 있었다. 소녀도 있었는데, 그녀의 장밋빛 얼굴은 이마 윗부분을 살짝 덮은 검은 비로드 모자 아래 숨겨져 있었다. 무언가를 찾으려는 듯 냄새를 맡는 사냥개들을 몰고 뛰어다니는 젊은이들의 모습도 보였다. 깃이 달린 납작모자와 새 부리 모양의 구두, 그리고 여러 색으로 물들인 비단옷을 입은 그들은 꽤 멋쟁이였다. 그들은 오른쪽은 녹색, 왼쪽은 붉은색, 또는 무지

개색 줄무늬나 주사위 모양의 무늬가 있는 옷을 입었는데, 그래서 그런지 기이한 차림의 그들 몸은 가운데가 둘로 나뉜 것처럼 보였다. 혼잡한 인파를 뒤로하고 랍비와 아내는 드디어 뢰머 광장에 도착했다. 광장은 높다란 박공지붕의 집들로 둘러싸이고 '춤 뢰머'로 불리는 큰 건물의 이름을 빌려 명명한 곳이었다. 이후 시 의회가 매입하여 시청으로 축성받은 이곳에서 독일 황제가 선출되었고, 청사 앞에서 종종 기사들의 멋진 무술 경기가 열리기도 했는데, 그런 종류의 것들을 아주 좋아했던 막시밀리안 왕*이 과거 프랑크푸르트에 머물 때면, 사람들은 그에 대한 경의를 표하기 위해 왕의 도착 전날 청사 앞에서 마상 창 시합을 열었다. 지금은 목수들에 의해 제거됐지만, 나무로 만든 차단기가 있던 자리는 지금도 놀기 좋아하는 사람 여럿이 자리를 잡고 수다를 떨곤 했다. 북과 나팔 소리가 울려 퍼지는 가운데 브라운슈바이크 공작과 브란덴부르크 백작의 결투가 어제 벌어졌는데, 무뢰한과 다름없는 발터에 의해 제압된 곰처럼 용맹스러운 기사가 말안장에서 떨어지

---

* 막시밀리안 왕 : 독일 바이에른 비텔스바흐 왕가 출신의 선제후이자 바이에른 왕국의 초대 왕이다.

면서 부러진 창의 파편이 하늘로 날았다든지, 신하들로 둘러싸인 금발의 긴 머리를 기른 막스 왕이 발코니에서 즐거운 나머지 두 손을 비볐다든지 하는 이야기들이 그들 사이에 오고 갔다. 지금도 발코니 난간과 고딕식 첨두 아치형 창문 위에는 황금색 천으로 만든 덮개가 설치되어 있었다. 광장의 다른 건물들 역시 화려하게 꾸며지고 문장이 새겨진 방패들로 치장되어 있었다. 특히 처녀의 한 손 위엔 새매가 앉아 있었고, 원숭이 한 마리가 거울을 들고 있는 형상이 묘사된 림부르크 가문의 문장이 돋보였다. 기사와 숙녀 여러 명이 발코니에 앉아 무리를 지어 다니는 민중을 내려다보며 유쾌하게 담소를 나누고 있었다. 계층과 나이를 막론하고 빈둥거리기 좋아하는 사람들은 호기심을 달래기 위해 이곳을 찾는구나! 웃음소리, 싸우는 소리로 시끌벅적한 이곳에선 도난당하거나, 허리에 칼을 맞는 일이 빈번했다. 환호 소리 요란한 가운데 돌팔이 의사의 나팔 소리가 우렁차게 울려 퍼졌다. 어릿광대와 원숭이를 동원해 주위의 관심을 끈 후 붉은 외투 차림의 그가 높은 발판 위에 서서 장기를 뽐내고 염색약과 만병통치의 효능을 가진 연고를 광고하며, 진지한 표정의 어떤 노파가 내민 소변 담긴 유리병을 관찰하고 가련한 농부의 어금니를 능숙하게 빼 주었다. 이번엔 펜싱 고수가 둘 나타났다.

화려한 띠무늬 옷이 바람에 펄럭였다. 두 사람은 우연히 만난 것처럼, 그리고 극도로 분노에 사로잡힌 것처럼 연기를 하면서 레이피어 칼*을 휘두르며 상대방을 향해 덤벼들었다. 오래도록 계속되던 대결 끝에 이 싸움은 무승부라고 외친 그들은 주위의 사람들로부터 푼돈을 거두었다. 그 옆으로 북과 나팔 소리에 맞추어 새롭게 구성된 사격협회 회원들이 행진했다. 이어 붉은 깃발이 달린 막대기를 선두로 길거리 행진을 벌이는 한 무리의 아가씨들이 등장했다. 뷔르츠부르크에 있는 사창가 '춤 에젤'에서 출발한 그들은 검사를 받기 위해－당국의 배려에 감탄하지 않을 수 없지만－숙소가 마련된 로젠탈로 가는 중이었다.

"눈을 감아요, 아름다운 사라!"

랍비가 말했다. 기괴망측하고 몸을 살짝 가릴 정도의 옷을 입은 여자 중 몇몇은 매우 아름다웠다. 그러나 그들은 뻔뻔하게도 새하얀 가슴 속살을 드러낸 음탕한 모습으로 지나가던 사람들을 조롱하며 기다란 지팡이를 흔들어댔다. 지팡이를 목마 삼아 성 카타리나 교회 정문을 지나

* 레이피어 칼 : 가늘고 끝이 뾰족한 칼로 손을 보호하기 위한 자루가 달려 있다.

행진하던 그들이 날카로운 목소리로 마녀의 노래를 부르기 시작했다.

"지옥의 짐승, 숫염소*는 어디에 있느냐?
어디에 있는 것이냐? 그렇다면, 숫염소가 없다면,
우린 이렇게 가네, 이렇게 타고 간다네.
지팡이를 타고 이렇게 간다네!"

멀리 떨어져도 여전히 들리는 그들의 노래는 마침내 다음 행렬의 늘어지듯 이어지는 경건한 노랫소리에 묻혀 사라졌다. 머리를 삭발하고 맨발로 걷는 수도사들의 애처로운 행렬이었다. 수도사들은 불을 붙인 밀랍 초나 성인의 모습이 그려진 깃발, 또는 은으로 만든 거대한 십자가를 들고 있었다. 행렬 앞엔 연기가 피어오르는 향유단지를 든 붉은색과 하얀색 가운 차림의 소년들이, 행렬 중간엔

---

* 《성경》에서 염소, 특히 숫염소는 양과 비교하여 온유하거나 깨끗한 동물로 간주되지 않으며, 명예롭지 못하고 이기적인 인간에 대한 상징으로 자주 등장한다. 사창가 여인들이 부르는 마녀의 노래에 등장하는 숫염소는 사회로부터 소외되고 죄와 수치의 상징으로 왜곡된 그들의 처지에 대한 한탄이자 세상에 대한 분노의 의미를 담고 있다.

화려하게 꾸며진 발다킨* 아래 값비싼 레이스가 달린 하얀색 성가대 가운을 입거나 화려하게 빛나는 비단 스톨*을 입은 사제들이 행진하고 있었다. 행렬이 광장 한쪽에 있는 성인상 벽감*에 이르자 한 사제가 태양처럼 보이는 황금 그릇을 손으로 높이 치켜들고 반쯤은 노래를 섞어 라틴어로 무언가를 읊조렸다. 동시에 종소리가 울려 퍼지고 주위에 있던 사람들 모두 말을 삼가며 무릎을 꿇고 성호를 그었다. 이때 랍비가 아내에게 말했다.

"눈을 감으시오, 아름다운 사라!"

서둘러서 그녀를 데리고 광장에서 빠져나온 그는 좁다란 옆 골목 안으로 들어섰다. 좁고 굽은 미로 같은 그곳을 지나 그들은 마침내 도시와 새롭게 형성된 유대인 거주 지역을 분리하는 아무도 살지 않는 황폐한 지역에 들어섰다.

꽤 오래전에 유대인들은 대성당과 마인강 사이, 즉 강가의 다리에서 시작해 룸펜브루넨까지, 그리고 멜 바게에

---

* 발다킨 : 제단 또는 권좌 위에 설치된 천으로 만든 의식용 캐노피다.
* 스톨 : 종교 의식 때 입는 긴 웃옷이다.
* 벽감 : 벽면에 굴처럼 움푹 팬 공간이다.

서 성 바르톨로메오 대성당까지의 지역에서 살았다. 그러다 가톨릭 사제들이 어느 날 교황으로부터 칙서를 전달받았는데, 대성당 근처에 유대인들이 살지 못하도록 하라는 내용이었다. 결국 프랑크푸르트시는 대안으로 볼그라벤의 한 지역을 제안했고, 유대인들은 그곳에 현재의 유대인 거주지를 만들었다. 이곳은 매우 견고한 장벽으로 둘러쳐져 있다. 출입구 앞에도 강철로 만든 사슬이 설치되었다. 폭도들의 공격을 막기 위해 유대인들이 만든 것이었다. 왜냐하면 이곳에서 산다고 해도 박해는 여전했고 두려운 것도 마찬가지였기 때문이다. 그들의 기억 속에 남아 있는 앞선 시대의 상황은 현재보다 훨씬 더 지독했을 터였다. 흔히 첫 번째 유대인 살육이라고 불리는 1240년의 유대인 대학살 사건은 고삐 풀린 폭도들에 의한 것이었고, 1349년 발생했던 두 번째 유대인 살육 사건은 고행자들에 의한 것이었다. 편타 고행자들이 행렬을 이어 가던 중에 프랑크푸르트에서 화재를 일으켰는데, 그들이 방화의 책임을 유대인에게 떠넘겼던 것이 문제였다. 격앙된 민중에 의해 유대인 대다수가 살해당하거나 불이 붙은 집에서 산 채로 죽음을 맞이했다. 이후로도 유대인들은 자주 그와 유사한 박해의 위협에 직면했다. 프랑크푸르트시가 내적으로 불안했을 때, 특히 시 의회와 조합 사이에 갈등이 발생할 때면 기독교인 폭도들은 곧바로 유대인 거주 구역을 습격하곤 했다. 유대인 거주 구역에는 두 개의 문이 있었다. 가톨릭 축일에는 문이 외부에서, 유대인 절기에는 내부로부터 잠기게 되어 있었다. 그리고 두 문 앞엔 시가 고용한 군인들의 경비소가 있었다.

  랍비는 아내와 함께 유대인 거주지 입구에 도착했다. 열린 창문을 통해 나무 침상에 누워 있는 군인들이 보였다. 햇볕이 드는 출입구 앞엔 고수가 멋지게 북을 두들기며 상상의 나래에 빠져 있었다. 남자는 심하게 비대한 편이었다. 갑옷 속에 입는 재킷과 바지는 나트륨 불꽃처럼 노란색 천으로 만든 것이었고, 옷 밖으로 비집고 나온 팔과 허리의 살은 날름거리는 혀처럼 보였다. 남자는 머리부터 발끝까지 온통 붉은색의 작은 패드가 촘촘하게 꿰매어진 옷을 입고 있었다. 가슴과 등은 검은색 천으로 만든 방석으로 무장됐고, 그 위로 북이 걸려 있었다. 머리에는 납작하고 둥근 모양의 검은색 모자가 씌워져 있었다. 마찬가지로 납작하고 동그스름하며 여드름이 잔뜩 돋은 오렌지처럼 노랗고 붉은 얼굴의 그는 웃는 듯 입을 쩍 벌리고 하품을 쏟아 냈다. 그렇게 남자는 앉아서 과거 편타 고행자들이 유대인 학살을 자행하며 불렀던 노래의 선율을

북으로 연주하며 술 취한 주정뱅이의 거친 목소리로 노래했다.

"사랑하는 여인이,
아침 이슬을 밟으며 가신다네.
키리에 엘레이손!"*

"한스, 정말 형편없는 노래군."
유대인 거주 구역의 닫힌 문 너머에서 누군가가 외쳤다.
"한스, 엉터리 노래야, 북과 어울리지 않는단 말이야. 절대로 미사 중에, 그리고 부활절 아침에 불러서는 안 되는 노래네. 엉터리이고 위험한 노래란 말일세, 한스. 이 엉터리 고수, 여긴 나밖에 없어. 자네는 별을, 길쭉한 별, 길쭉한 나젠슈테른*을 좋아하잖아. 그러니 집어치우게!"
말하는 사람의 모습은 보이지 않았다. 반쯤은 두려움

---

* 키리에 엘레이손 : 라틴어 원문은 'Kyrie Eleison', 즉 '주님, 자비를 베푸소서'라는 뜻이다. 가톨릭 미사의 첫 번째 자비송이다.

* 나젠슈테른 : 독일어로 나젠(Nasen)은 코, 슈테른(Stern)은 별이다. 결국 길쭉한 코 모양의 별이라는 의미의 이름이 된다.

섞인 짜증이고, 반쯤은 탄식하며 천천히 내뱉은 목소리라고 할 수 있었는데, 폐결핵 환자에게서 발견할 수 있는, 유약함과 완고함이 빠르게 바뀌는 그런 목소리였다. 고수는 꼼짝하지 않고 있다가 다시 앞의 멜로디를 불렀다.

"그때 작은 키의 한 청년이 나타났네.

턱수염을 기르고 있다네.

할렐루야!"

"한스."

다시 같은 목소리의 사람이 소리쳤다.

"한스, 나는 홀몸이라고. 정말 위험한 노래야. 듣고 싶지 않아. 그럴 만한 이유가 있다는 것이네. 진정 나를 좋아한다면 제발 다른 노래를 불러 주게나. 내일 한잔하세."

한잔하자는 말에 한스는 곧바로 북을 치며 노래 부르던 것을 멈추더니 우직한 목소리로 말했다.

"유대인 놈들은 악마가 잡아가라지. 하지만 사랑하는 나젠슈테른, 자네는 나의 친구지. 그래서 나는 자네를 보호할 것이네. 우리가 좀 더 자주 만나 술을 마실 수 있다면 자네를 개종시킬 것이네. 세례를 받게 된다면 나는 기꺼이 자네의 대부가 되어 줄 거야. 자넨 축복받게 될 것이네. 재능이 있고 열심히 나에게서 배운다면 자네도 훌륭한 고수가 될지도 모르지. 그래, 나젠슈테른. 자네는 그 이상이 될 수도 있을 것이네. 내일 술자리에서 만나면 자네에게 교리문답서 전체를 북을 쳐서 알려 주겠네. 그건 그렇고, 지금 문을 열게. 낯선 사람 둘이 그 안으로 들어가길 원하네."

"문을 열라고?"

나젠슈테른이 소리쳤다. 목소리가 마음대로 나오지 않는 것 같았다.

"그렇게 빨리는 곤란하네, 한스. 어쩔 수가 없네. 달리 방도가 없다는 것일세. 난 아직 혼자야. 파이텔 린츠코프가 열쇠를 가지고 있는데, 아마 지금은 구석 어딘가에서 은밀하게 18기도문*을 중얼거리고 있을 것이네. 한번 시작하면 중도에 멈출 수는 없네. 물론 바보 예켈도 여기에 있긴 하지만, 지금 그는 오줌 누러 갔네. 여긴 나밖에 없단 말이야!"

"저 유대인들을 악마여, 데리고 가소서!"

고수가 소리쳤다. 자신이 내뱉은 장난말에 유쾌해진 그는 큰 소리로 웃으며 천천히 몸을 일으켜 경비소로 향했고

---

* 18기도문 : 유대교 전례에 등장하며 매일 3회에 걸쳐 암송하는 열여덟 개로 구성된 축복 기도문이다.

군인들처럼 나무 침상에 누웠다.

랍비가 아내와 함께 굳게 잠긴 커다란 문 앞에 서 있을 때였다. 문 너머에서 그르렁거리는 코맹맹이 소리의, 어쩌면 약간은 비아냥거리는 투의 말소리가 들렸다.
"나젠슈테른, 그렇게 오랫동안 지껄이지만 말고, 린츠코프의 호주머니에서 열쇠를 가지고 오게나. 아니면 자네 코를 활용하게. 자네 코로 문을 열어 보란 말이야. 벌써 오랫동안 사람들이 바깥에서 기다리고 있어."
"사람들이 있다고?"
나젠슈테른이라고 불리는 남자의 겁먹은 목소리가 들렸다.
"난 그저 한 사람이라고 생각했는데. 이보게 나르, 예켈 나르, 누가 밖에 있는지 살펴봐 주게."
문에 달린 작고, 철장이 촘촘하게 설치된 창문이 열렸다. 뿔 모양의 누런색 모자가 나타났다. 매우 우스꽝스러운 얼굴이었다. 곧바로 창문을 다시 닫더니 그는 신경질을 내며 그르렁거리는 목소리로 말했다.
"열어, 열라고. 남자 한 명, 여자 한 명이야."
"남자 한 명과 여자 한 명이라고!"
신음하듯 나젠슈테른이 말했다.

"문이 열리면, 여자의 옷을 벗겨 보게나. 그런데 그게 남자라면, 그렇다면 남자 둘이 되는 셈이지. 여기에 있는 우린 고작 셋이라고!"

"겁쟁이 토끼가 따로 없군."

예켈이 말을 이었다.

"대담하게 용기를 내 보란 말이야!"

"용기를 내라고!"

나젠슈테른이 외쳤다. 그리고 씁쓸하게 웃었다.

"토끼! 토끼와 비교한 것은 잘못이지. 토끼는 깨끗한 동물이 아니거든. 용기를 내 보라고! 내가 이곳에 있는 것은 용기 때문이 아니라네, 신중하기 위함이지. 너무 사람이 많이 몰려들면 난 소리를 지르지 않을 수 없다네. 하지만 혼자의 힘으로 그 사람들을 멈춰 세울 수는 없어. 내 팔은 약하거든. 내가 맡은 영역은 넓지만, 오직 나만 여기에 있을 뿐이야. 만일 누가 나에게 총이라도 쏜다면, 나는 죽을 것이네. 그럼 돈 많은 멘델 라이스는 안식일이 되어 식탁에 앉아 입가에 묻은 건포도 소스를 훔치고 부른 배를 쓰다듬으며 이렇게 말하겠지. '기다란 코를 가진 나젠슈테른은 참으로 용감한 녀석이었어. 그가 그렇게 하지 않았더라면 문은 부서져서 열렸을 거야. 모두가 총을 맞을 뻔했다고. 정말 용감한 녀석이야. 그런데 죽었다니 유감이군.'"

목소리가 점점 더 약해지더니 그는 이제 울먹이기 시작했다. 하지만 이내 빠르고 비장한 목소리로 그가 다시 말하기 시작했다.

"용기를 내라! 내가 총을 맞아서 부자 멘델 라이스가 입가에 묻은 건포도 소스를 닦고 배를 문지르도록 말이야. 나를 용감한 녀석이라고 부르도록 말인가? 용기! 단호함! 땅꼬마 슈트라우스는 용감한 친구였지. 어제 뢰머 광장에서 칼에 찔리는 것을 보았네. 그런데 아무도 그를 알아볼 수 없었지. 엘레*당 3굴덴*이나 되는, 여우 꼬리가 달렸고 황금 수가 놓인 비로드로 만든 화려한 보라색 옷을 입고 있었기 때문이지. 사람들이 그 보라색 옷을 두들겨 팼어. 얼굴이 보라색으로 물들 때까지 말이야. 그의 등짝도 보라색이 되었지. 그러니까 더는 사람처럼 보이지 않던데. 용기를 가져라! 꼽추 레저는 용감했지. 누더기를 입은 슐트하이스를 거지라고 불렀던 그였지. 그런데 고수 한스가 북을 치고 있는 가운데 사람들이 그를 두 마리 개 사이

---

* 엘레 : 과거 독일에서 사용하던 치수로 1엘레는 약 66센티미터다.
* 굴덴 : 19세기 전까지 독일에서 사용하던 금화 또는 은화다.

에 거꾸로 매달았지. 용기! 토끼가 되지 말라고! 개들 사이에 있으면 토끼는 어쩔 수 없지. 나는 혼자라고. 나는 정말로 무섭네!"

"맹세하게!"

바보 예켈이 소리 질렀다.

"나는 정말 두렵단 말이야!"

나젠슈테른은 탄식하며 했던 말을 반복했다.

"내 피 안에 두려움이 단단히 자리 잡고 있다는 것을 나는 잘 알고 있네. 돌아가신 어머니에게서 물려받은 것이지."

"알았어, 알았다고!"

바보 예켈이 그의 말을 중단시켰다.

"그렇다면 네 어머니는 그녀의 아버지로부터, 그는 다시 조상들로부터 물려받았다는 것이군. 그런 식으로 자네의 조상들은 사울 왕* 밑에서 블레셋 사람들과 싸우기 위해 나섰지만, 제일 먼저 도망쳤던 시조에 이르기까지 계속해서 물려받은 것이네. 하지만 말이야. 린츠코프는 기도를 곧 마칠 거야. 벌써 네 번째 절을 하고 있어, 벼룩처럼

---

* 사울 왕 : 이스라엘 왕국의 첫 번째 왕이다.

그는 세 번의 '거룩하시다' 단어에서 벌떡 일어났다네. 그리고 지금은 헌금을 내는 것 같은데, 매우 조심스러운 모습이군."

쩔그렁쩔그렁 열쇠 소리가 나더니 문의 한쪽 날개가 삐걱거리며 열렸다. 랍비는 아내와 함께 인적이 끊긴 유대인 골목 안에 들어섰다. 문을 열어 준 사람은 마음씨는 좋아 보였지만 성가시다는 표정을 짓고 있었다. 생각에 잠기면 누구의 방해도 받지 않고 싶을 때처럼, 그는 꿈을 꾸듯 고개만 끄덕였다. 조심스럽게 문을 다시 걸어 잠근 그는 기도문을 계속해서 중얼거릴 뿐 다른 말은 한마디도 하지 않은 채 천천히 발을 끌며 문 뒤 작은 구석으로 향했다. 긴장했던 바보 예켈의 마음은 전보다 조금 가벼워졌다. 그는 굽은 다리의 땅딸막한 체구를 가진 사람이었다. 크게 웃음을 터뜨린 사람처럼 얼굴이 붉은 그는 환영이라도 하듯 비정상적으로 큰 손을 현란하게 반점이 찍힌 넓은 소매 밖으로 쭉 내밀었다. 그의 뒤에 한 사람이, 아니 그의 뒤에 숨어 있었다고 하는 게 더 나을 텐데, 마른 체구의 한 사람이 더 있었다. 가는 목은 고급 삼베로 만든 하얀색의 주름 잡힌 옷깃으로 감싸여 있었고, 가늘고 창백한 얼굴은 믿을 수 없을 정도로 길었으며, 호기심에 이끌려 이리저리 조심스럽게 움직이는 코와 절묘하게 조합되어 있었다.

"축제의 날에 오시다니! 환영합니다!"
바보 예켈이 외쳤다.
"골목이 이처럼 텅 비어 있고 조용하다고 놀라지 마세요. 사람들은 지금 회당에 갔지요. 이삭의 희생에 대한 독서를 듣기 위해 오셨다면 제시간에 오신 겁니다. 나는 그 이야기를 잘 알고 있어요. 정말 흥미롭죠. 물론 서른세 번이나 들은 거지만, 이번에도 또다시 듣고 싶군요. 정말 중요한 이야기입니다. 옛날에 아브라함이 숫염소가 아니라 정말로 이삭을 죽였다고 한다면, 아마도 숫염소는 지금보다 더 많았을 것이고 유대인들의 수는 더 적었겠죠."

예켈은 우스꽝스럽게 잔뜩 얼굴을 찡그리더니 《아가다》에 나오는 노래를 부르기 시작했다.

"숫염소 한 마리, 숫염소 한 마리. 아버지는 두 수스라인을 냈네. 숫염소 한 마리! 숫염소 한 마리!

고양이 한 마리가 왔네. 그리고 아버지가 산 숫염소를 잡아먹었네. 두 수스라인이나 지급한 숫염소를, 숫염소를!

개 한 마리가 왔네. 아버지가 산 숫염소를 먹어 치운 고양이를 물었네. 아버지는 두 수스라인이나 냈는데. 숫염소 한 마리, 숫염소 한 마리!

아버지가 두 수스라인이나 주고 산 숫염소를 먹은 고양이를 문 개를 몽둥이가 두들겨 팼네. 숫염소 한 마리, 숫염소 한 마리!

  불이 등장했네. 그리고 두 수스라인을 주고 아버지가 산 숫염소를 잡아먹은 고양이를 문 개를 때린 몽둥이를 태워 버렸네. 숫염소 한 마리, 숫염소 한 마리!

  물이 등장했네. 그리고 아버지가 두 수스라인을 주고 산 숫염소를 먹은 고양이를 문 개를 때린 몽둥이에 붙은 불을 꺼 버렸네. 숫염소 한 마리, 숫염소 한 마리!

  이번엔 황소가 나타났네. 두 수스라인을 주고 산 아버지의 숫염소를 잡아먹은 고양이를 죽인 개를 두들겨 팬 몽둥이를 태운 불을 꺼 버린 물을 빨아 먹었다네. 숫염소 한 마리, 숫염소 한 마리!

  백정이 등장해서 아버지가 두 수스라인을 내고 산 숫염소를 먹어 치운 고양이를 문 개를 때린 몽둥이를 태워 버린 불을 끈 물을 빨아 먹은 황소를 도살했네. 숫염소 한 마리, 숫염소 한 마리!

  이번엔 죽음의 천사 차례. 천사는 두 수스라인을 내고 사들인 숫염소를 먹은 고양이를 죽인 개를 팬 몽둥이에 붙은 불을 꺼 버린 물을 흡수해 버린 황소를 도살한 백정을 죽였네. 숫염소 한 마리, 숫염소 한 마리!"

"아름다운 여인이시여,"

노래 부르는 이는 또 다른 이야기를 덧붙였다.

"언젠가 그런 날이 오겠지요, 죽음의 천사가 백정을 죽일 그날이. 그러면 우리가 흘린 피가 에돔*을 뒤덮을 것입니다. 주님은 복수의 신이시기 때문이죠."

그러더니 갑자기 엄습한 진지함을 이내 떨쳐 버리고 바보 예켈은 사람들을 웃기기 위해 그르렁그르렁 소리를 내며 다시 익살스러운 노래로 되돌아갔다.

"두려워하지 마세요, 아름다운 여인이시여. 나젠슈테른은 여러분에게 해를 끼치지 않습니다. 오직 늙은 슈나퍼엘레에게만 위험한 존재랍니다. 그녀는 나젠슈테른의 코에 매료되었죠. 그럴 만한 코라고 할 수 있습니다. 그의 코는 다마스쿠스를 향한 탑처럼 아름답고 레바논시다*처럼 위풍당당하죠. 바깥에서 보면 황금과 시럽처럼 반짝

---

* 에돔 : 유대인들은 에돔을 형제의 탈출을 가로막은 배신자이자 적으로 간주한다. 《구약 성경》에 등장하는 야곱의 형 에서가 고대 민족 에돔인들의 시조다.
* 레바논시다 : 소나뭇과에 속하는 대형 수목이다.

이지만, 순수한 음악이 바로 그 코에서 흘러나오죠. 사랑스럽다고 하겠습니다. 여름이면 꽃처럼 활짝 열리고, 겨울이면 얼어 버립니다만, 여름 겨울 할 것 없이 그의 코는 슈나퍼엘레의 하얀 손에 의해 어루만져집니다. 그렇습니다. 슈나퍼엘레는 그를 사랑하죠. 바보가 되어 버린 겁니다. 그를 돌보고 먹이는 그녀는 나젠슈테른이 살찌면 곧바로 결혼할 거예요. 나이가 있긴 하지만 그녀는 아직 젊다고 할 수 있거든요. 300년 후 이곳 프랑크푸르트를 찾은 사람은 나젠슈테른의 길고 굽은 코 때문에 하늘을 제대로 쳐다볼 수 없을 겁니다!"

"당신이 바로 예켈이군요."

랍비가 웃음을 터뜨리며 말했다.

"당신의 말을 들으며 눈치를 챘죠. 당신에 대해선 많이 들었어요."

"맞습니다. 맞아요."

익살스러운 표정으로 겸연쩍어하면서 그가 말했다.

"맞아요. 명성이 있는 편이죠. 자신이 생각하는 것보다 더 위대한 바보로 널리 알려져 있을 수 있죠. 하지만 저는 바보가 되기 위해 정말 노력했습니다. 방울 소리 울려 퍼지도록 뛰고 흔들었거든요. 다른 사람들은 쉽게 했던 것이지만 말입니다. 그건 그렇고, 랍비 선생님, 어쩐 일로 축일에 이곳을 방문하셨습니까?"

질문을 받은 사람이 말했다.

"변명하자면, 그것은 탈무드에도 적혀 있어요. 이렇게 말이죠. 위험이 안식일을 지킬 수 없도록 만들었답니다."

"위험!"

긴 코를 가진 나젠슈테른이 갑자기 소리 질렀다. 죽음의 공포를 느낀 모습이었다.

"위험! 위험! 고수 한스가 북을 친다, 북을 친다. 위험! 위험! 고수 한스가…."

고수 한스가 밖에서 술주정뱅이의 굵직한 목소리로 소리 질렀다.

"빌어먹을 놈! 저 유대인들을 악마는 왜 안 잡아가는 거지! 오늘 네가 나를 깨운 게 벌써 세 번째야, 나젠슈테른! 나를 화나게 만들지 말라고! 분노가 치밀면, 내가 사나운 악마가 될지도 모른단 말이야. 그리고 무엇보다 난 진실한 기독교인이란 말이야. 문의 창살 틈으로 총을 쏠 수도 있어. 모두 코를 조심하라고!"

"쏘지 마! 쏘지 말라고! 난 아직 장가도 못 갔다고."

나젠슈테른이 겁에 질린 소리로 울며 말했다. 그러면서 근처 담벼락에 얼굴을 바짝 붙이고, 덜덜 떠는 몸으로 기도를 올리며 꼼짝하지 않았다.

"이보게, 무슨 일인가?"

바보 예켈 역시 소리를 질렀다. 잔뜩 호기심이 동한 표정이었다. 당시 프랑크푸르트에 살고 있던 유대인들의 전형적인 특징이었다.

랍비는 그와 헤어져 아내와 함께 계속해서 경사진 유대인 골목을 올라갔다.

"보시오, 아름다운 사라."

탄식하듯 그가 말했다.

"이스라엘이 이렇게 어설프게 지켜지는 것을! 밖에서는 가짜 친구들이, 그리고 안에서는 어리석고 두려움에 어쩔 줄 모르는 문지기들이 문을 지키고 있단 말이오!"

두 사람은 천천히 인적이 드문 기다란 길에 들어섰다. 밝고 화사하게 태양 빛이 유리창에 반사되는 가운데 이따금 창문 밖으로 내민 활짝 핀 꽃 같은 소녀의 머리만 보였다. 그때만 해도 유대인 거주지에 있는 집들은 새것이고 깔끔한 편이었다. 또한 현재처럼 낮은 편이긴 했지만, 후에 프랑크푸르트로 유대인들이 대거 몰려들었고, 게다가 더는 거주 지역을 확장할 수 없는 처지가 되자, 집들을 한 층씩 겹겹이 쌓기 시작하더니 마치 정어리를 쌓은 것처럼 집과 집 사이의 간격은 촘촘하게 되어 버렸다. 그 안에서 육체와 영혼은 불구의 상태가 될 수밖에 없었다. 유대인 거주지의 또 다른 곳, 큰불을 견뎌 냈고 이후로 옛 골목으로 불리는 높은 층의 검은색 집들이 즐비하며 그 안에서 히죽히죽 웃는 지저분한 사람들이 물건들을 내놓고 파는 그곳은 그야말로 끔찍한 중세 시대의 기념물과 다름없는 곳이었다. 옛 회당은 이미 사라지고 없었는데, 뉘른베르크에서 추방된 유대인들이 수용된 이후에 지어진 지금의 것은 예전 것보다 작았다. 회당은 북쪽에 있었지만, 그 위치에 대해 랍비는 물어볼 필요가 없었다. 벌써 멀리서부터 사람들의 번잡하고 시끄러운 소리가 들려왔기 때문이었다. 회당 안뜰에서 그는 아내와 잠시 헤어졌다. 그곳 우물가에서 손을 씻은 그는 남자들이 기도하는 회당 하층부로 들어갔고, 아름다운 사라는 계단 위 여자들이 있는 상층부로 올라갔다.

상층부는 적갈색 의자들이 3열로 배치된 일종의 관람석이었고, 의자 등받이에는 기도서를 놓을 수 있도록 뒤로 쉽게 젖힐 수 있는 판자가 설치되어 있었다. 여자들은 옆으로 나란히 앉아 수다를 떨거나 똑바로 서서 열정적으로 기도를 하고 있었다. 이따금 그들은 호기심에 찬 눈으로 동쪽으로 길게 이어져 있는 상층부의 커다란 격자에 다가가서 가늘고 푸른 각목들 사이로 회당 하층부에 있는 사람들을 훔쳐보았다. 조금 떨어진 곳에 있는 우뚝 솟은 기도대 뒤편에 주름 잡힌 흰 옷깃의 검은 옷을 입고 뾰족한 모양의 수염을 기른 남자들이 서 있었다. 그들은 사각형 모양의 치치트*가 달린 제식용 천을 머리에 덮고 있었다. 그것은 대체로 흰 양모나 비단으로 만든 것이지만, 금실 장식이 수놓인 것도 있었다. 사원의 벽들은 모두 하얀색이었다. 그래서인지 율법서 봉독자가 올라서는 사각형의 발판을 둘러싼 금색 쇠창살 외에는 그 어떤 장식도 발견할 수 없었다. 성궤는 꽃과 잎이 휘감아 오르는 덩굴 형상의 화려한 글자가 씌어 있는 대리석 기둥이 받치고 있었다. 그 위를 덮은 하늘색 비로드 장막에는 금박과 진주, 그리고 반짝반짝 빛나는 보석으로 경건한 내용의 비문이 수놓여 있었고, 한쪽 벽에는 은으로 만든 추도등이 걸려 있었으며, 역시 격자가 쳐진 연단이 설치되어 있었다. 난간엔 온갖 종류의 제식 용품들이 놓여 있었다. 특히 일곱 개의 가지로 이루어진 촛대가 있었는데, 그 앞은 선창자가 성궤

---

* 치치트 : 기도할 때 입는 옷에 달린 장식물이다.

를 쳐다보며 서 있는 자리였다. 저음부와 고음부를 담당하는 두 사람이 악기가 반주하듯 선창자의 노래를 받아 노래를 불렀다. 유대인들은 온갖 종류의 세속 악기가 회당에서 연주되는 것을 허용하지 않았다. 찬미가는 오르간의 차가운 소리보다 사람의 가슴에서 울려 나오는 따뜻한 소리가 더 신앙심을 고양시킨다고 보았다. 아름다운 사라는 탁월한 재능이 엿보이는 선창자가 테너 음성으로 노래하자 어린아이처럼 기분이 좋아졌다. 그녀가 잘 알고 있던 그 선율은 저음부를 맡은 사람의 깊고 음울한 음색과 대조를 이루었고, 노래 사이사이 세련되고 달콤하게 떨리는 고음부 가수의 노래와 조화를 이루며 이제까지 한 번도 느껴 보지 못한 생기발랄하고 사랑스러운 느낌이 샘솟도록 만들어 주었다. 그런 느낌의 노래를 아름다운 사라는 바헤라흐의 회당에서 한 번도 들어 본 적이 없었다. 공동체 회장 다비트 레비가 그곳에서 선창자였기 때문이다. 이미 고령에 접어든 떨리는 목소리의 그 남자가 어린 소녀처럼 갈라지고 울먹거리는 목소리로 떨림음을 노래할 때나, 과도하게 긴장한 나머지 축 늘어져 있던 손을 격렬하게 흔들어 대는 모습을 볼 때면 그녀는 터져 나오는 웃음 때문에 경건한 마음으로 기도하기가 어려웠다.

깊은 신앙심으로 충만한 내적 평온에도 불구하고 여성 특유의 호기심에 이끌린 아름다운 사라는 격자에 다가갔다. 소위 남성들의 학교로 불리는 아래층이 보였다. 그녀는 이제까지 같은 신앙을 가진 사람들이 이렇게 많이 한데 모여 있는 것을 본 적이 없었다. 같은 뿌리에서 태어났고, 같은 생각을 하며, 같은 고통을 겪고 있는 친척과 다름없는 수많은 사람 사이에 있게 되니 그녀는 어느 때보다도 가슴이 따뜻해지는 걸 느낄 수 있었다. 그러나 여인의 영혼은 세 명의 늙은 남자들이 경외심이 가득 찬 모습으로 성궤 앞으로 다가가서 빛을 받아 반짝이는 장막을 옆으로 거두고 성궤를 연 다음 주님께서 손수 적으셨고 유대인들이 불행과 증오, 치욕과 죽음, 천년의 고통을 감내하며 지켜왔던 《성경》을 조심스럽게 꺼내는 모습을 보면서 더 큰 감동에 사로잡혔다. 커다란 양피지 두루마리 형태의 《성경》은 화려하게 수가 놓인 붉은 비로드 옷을 입고 제왕의 위엄을 뽐내는 아이처럼 보였다. 양피지가 둘둘 감겨 있는 두 개의 막대기 위에는 두 개의 은으로 만든 작은 상자가 꽂혀 있었다. 그 안에는 여러 종류의 석류석과 작은 종들이 들어 있어서 움직일 때마다 딸랑딸랑 소리가 났고, 앞으로 늘어진 은으로 만든 작은 사슬에는 화려한 보석들이 박힌 황금 방패가 달려 있었다. 선창자가 그 책을 받아

들었다. 그 책이 정말로 어린아이인 것처럼. 그 아이를 지키기 위해 엄청난 고통을 이겨 내고, 그러므로 더욱 사랑할 수밖에 없는 것처럼. 그는 책을 팔로 안아 이리저리 흔들었다. 어린아이를 어르는 것처럼. 책을 가슴에 꽉 밀착한 그는 전율을 느꼈다. 선창자가 환호를 울리며 경건하게 주님을 향한 감사의 노래를 부르자 아름다운 사라는 문득 성궤의 기둥들이 꽃처럼 피어나면서 장식용 서체의 아름다운 꽃과 잎이 계속해서 더 높은 곳을 향해 자라나고 있다는 생각이 들었다. 고음부 가수의 꾀꼬리처럼 맑은 소리가 울려 퍼졌다. 저음부 가수의 우렁찬 목소리로 회당의 둥근 천장이 무너질 듯했다. 주님의 담대한 기쁨이 푸른 하늘에서 지상으로 흘러내리는 순간이었다. 주를 찬미하는 매우 아름다운 노래의 마지막 구절을 공동체 사람들이 입을 모아 반복해 노래했다. 회당 가운데에 있는 높은 연단을 향해 선창자가 《성경》을 들고 천천히 걸어갔다. 그러자 많은 남자와 소년이 비로드로 만든 덮개에 입을 맞추고 만지기 위해 서둘러 모여들었다. 연단 위의 사람들이 성궤의 비로드 덮개를 끌어 내렸다. 성궤를 싸고 있던 화려한 문양의 글자가 적힌 포대기도 함께 끌려졌다. 이어 선창자는 안식일 축제 노랫소리가 울려 퍼지는 가운데 양피지 두루마리에 적힌 아브라함의 유혹에 관한 이야기를 봉독했다.

아름다운 사라는 겸손한 자세로 격자에서 물러났다. 넓고 짙게 화장하고 과도할 정도로 호의를 베푸는 중년의 한 여인이 그녀에게 기도서를 같이 보아도 좋다는 듯 말없이 고개를 끄덕였다. 이 여인은 책 읽는 걸 좋아하는 사람이 아닌 듯했다. 여자들은 소리를 내어 함께 노래 부를 수 없었지만, 흔히 그렇게 하듯이 기도문을 작은 소리로 중얼거리는 이 여인을 보면서 아름다운 사라는 그녀가 말하는 많은 단어가 모두 암기에 의한 것이고, 그래서 많은 행을 건너뛰고 있다는 걸 눈치챌 수 있었다. 얼마 후 마음씨 좋은 여인의 물처럼 맑은 눈이 동경하듯 천천히 위를 향했다. 도자기처럼 붉고 하얀 얼굴 위로 옅은 미소가 번졌다. 그리고 고조된 감정을 억제하려는 듯 우아한 목소리로 아름다운 사라에게 말했다.

"저 가수는 정말 노래를 잘 부르죠. 하지만 나는 네덜란드에서 더 잘 부르는 사람을 본 적이 있어요. 처음 보는 사람이었는데, 어쩌면 보름스 출신의 선창자일지도 모르겠어요. 만약 그 사람에게 매년 400굴덴을 지급할 수 있다면, 그 가수를 여기에다 붙잡아 둘 수 있을 거예요. 그는 정말 매력적인 사람이에요. 손을 보면 색구슬 같다니까요. 나는 예쁜 손을 가진 사람을 높이 쳐 주죠. 예쁜 손 하나가 사람들 모두를 어루만져 주니까요!"

그러면서 마음씨 좋은 여인은 아직은 예쁘다고 할 수 있는 자기 손을 뽐내듯 기도대 팔걸이에 올리고, 방해받지 않고 계속 말을 이어 가겠다는 듯이 우아하게 머리를 숙이며 말했다.

"노래하는 저 작은 사람은 아직 어린아이예요. 무척 마른 편이네요. 저음부 가수는 너무 못생겼어요. 저 사람을 두고 나젠슈테른은 재치 있게 이렇게 말했죠. 저 저음부 가수는 다른 어느 가수보다도 더 위대한 바보요! 여하튼 저 세 사람은 내가 운영하는 식당에서 식사를 하지요. 저 사람들은 내가 바로 슈나퍼엘레라는 사실을 아마도 모를 거예요."

이야기를 들려준 여인에게 아름다운 사라는 감사를 표했지만, 슈나퍼엘레는 계속해서 암스테르담에서 머물던 때의 이야기를 더 상세하게 이어 갔다. 그녀는 미모 때문에 늘 성가신 구애에 시달렸고, 성령강림절 3일 전에 프랑크푸르트로 온 후 슈나퍼라는 사람과 결혼했으며, 남편이 임종의 순간에 했던 말은 정말 감동적이었다는 것, 그리고 주인이 되어 식당을 운영하면서 손을 잘 보존하는 것이 얼마나 어려운가에 관해 이야기했다. 이따금 그녀는 비꼬듯이 자기 옷을 쳐다보며 냉소적인 표정을 짓는 옆자리의 젊은 여자들을 경멸의 눈으로 쳐다보았다. 하지만 그녀의 옷은 그럴 만했다. 백색 공단 재질의 넓게 부풀어 오른 치마에는 노아의 방주에 탄 온갖 종류의 동물들이 현란한 색으로 수놓아져 있었고, 금사로 만든 재킷은 가슴을 보호하는 갑옷 같았으며, 붉은색 비단 소매는 노란색의 길쭉한 모양으로 재단되어 있었다. 그녀는 단연 주목의 대상이었다. 과도하게 높게 치솟은 모자와 목을 감싼 흰 아마포의 주름진 옷깃 때문이었다. 또한 은으로 만든 목걸이는 그녀의 가슴 위까지 내려와 있었는데, 그것은 기념주화처럼 보였지만, 보석으로 양각이 되어 있는 희귀한 것이었다. 하지만 다른 여자들이 입고 있는 옷도 예사롭지 않았다. 그것들은 여러 시대를 거치며 유행했던 것들을 한데 섞어 놓은 것이었다. 장돌뱅이 보석상들처럼 황금과 다이아몬드로 몸을 화려하게 치장한 여자들도 여럿이었다. 물론 당시의 프랑크푸르트 유대인들에게는 엄격한 의복 규정이 법으로 정해져 있었다. 그리고 기독교인과 분간하기 위해, 남성들은 의복에 노란색으로 된 원 모양을, 여성들은 모자 위에 푸른색 줄무늬의 베일을 부착해야만 했다. 하지만 유대인 거주 지역 안에서 당국의 규정은 무시되는 편이었다. 특히 축일이면 심지어 유대 회당에서도 여성들은 가능한 한 화려한 옷을 입고 자기 모습을 뽐냈다. 그것은 타인의 시기심을 부르기 위한 목적이었지만, 배우자의 부와 신용 능력을 과시하기 위한 것이기도 했다.

회당 아래에서는 모세의 계명이 낭송되고 있었다. 그러나 여성들이 있는 곳에서 기도는 중요한 것이 아니었다. 여자들은 편하게 자세를 취하거나 앉아 있었고, 옆 사람과 세속적인 것들에 관해 낮은 목소리로 수다를 떨었으며, 신선한 공기를 마시기 위해 회당 밖 정원으로 나가기도 했다. 어린 소년들이 한가롭게 여유를 즐기는 어머니를 찾으면, 기도는 더 뒷전으로 밀려날 수밖에 없다. 떠들고 웃는 소리가 끊이지 않았고, 젊은 여인들은 늙은 여인들을 대상으로 시시덕거렸으며, 늙은 여인들은 젊은 사람들의 경박함과 타락해 가는 시대에 대한 한탄을 늘어놓았다. 프랑크푸르트 유대 회당에 한 사람의 선창자가 있듯이, 여성들이 있는 상부의 공간에는 누구보다 험담을 일삼는 수다쟁이가 있었다. 휜트헨 라이스라는 이름의 녹색 일색으로 옷을 입은 그녀는 온갖 종류의 불행에 관한 이야기와 비방거리가 될 만한 이야기들을 입에 달고 다니는 여자였다. 그녀가 퍼붓는 독설은 주로 가련한 슈나퍼엘레에 관한 것이었다. 심지어 그녀는 과도하게 우아한 척하고 예의를 갖추려 애를 쓰는 슈나퍼엘레의 모습을 우스꽝스럽게 흉내 내어 젊은 사람들로부터 큰 인기를 얻곤 했다.

횐드헨 라이스가 말했다.
"어제 슈나퍼엘레가 이렇게 말했지. 만일 내가 예쁘지 않고 똑똑하지 않으며 사랑받는 사람이 아니라면, 이 세상에서 살고 싶지 않아!"
사람들이 킬킬거리며 웃었다. 그러자 근처에 서 있던 슈나퍼엘레는 자신이 놀림감이 되고 있다는 생각이 들었던지 경멸에 찬 눈으로 고개를 꼿꼿이 들어 올렸다. 그리고 마치 한 척의 호사스럽게 꾸민 배처럼 그녀는 먼 자리를 찾아 항해를 떠났다. 포동포동하고 조금 무딘 성격의 여자인 푀겔레 오흐스가 동정하듯 말했다. 슈나퍼엘레가 실없고 편협한 성격의 여자이긴 하지만, 그래도 당찬 사람이라고 했다. 특히 도움이 필요한 사람들에게 그녀는 아낌없이 선행을 베푸는 여자라고 그녀가 말했다.
"특히 나젠슈테른에게 그렇지."
쉬 소리를 내며 횐드헨 라이스가 야유를 보냈다. 두 사람의 친밀한 관계에 대해서는 모두가 알고 있었다. 그래서인지 웃음소리는 더 컸다.

휜드헨이 음흉한 표정으로 말을 이었다.

"너희들도 알고 있지만, 나젠슈테른은 이제 슈나퍼엘레 집에서 잠을 자고 있어. 그런데 저기 아래에 있는 쥐스헨 플뢰어스하임을 봐! 다니엘 플레슈가 걸었던 목걸이를 걸고 있네. 플레슈가 화가 나겠는데. 그런데 두 사람이 함께 이야기를 나누고 있군. 두 손을 마주 잡고 다정하게 말이야. 하지만 두 사람은 마치 미디안과 모압* 사람들처럼 서로를 미워하지! 사랑스러운 표정으로 어쩜 저렇게 미소를 지을 수 있는지! 다정한 척하다가 잡아먹을 듯 화를 내지나 말든가! 여하튼 어떤 이야기를 하고 있는지 들어 봐야겠다."

무언가를 노리는 동물처럼 휜드헨 라이스는 살며시 그들 곁으로 다가갔다. 두 여인은 지난주 집 안을 청소하고 부엌 식기들을 문질러 닦느라 힘들었다고 푸념을 늘어놓았다. 유월절 축제가 시작되기 전에는 늘 그래야만 했는데, 말하자면 발효된 빵의 작은 부스러기 하나라도 남아

---

* 미디안과 모압 : 《구약 성경》에 등장하는 고대 민족이다.

있지 않도록 하기 위함이었다. 두 여인은 누룩 없는 빵을 구울 때의 힘든 과정에 관해서도 이야기를 나누었다. 플레슈가 좀 더 격앙되어 있었다. 공동체의 제빵소에서 분통이 터졌다는 것이었다. 로제가 일을 마치고 난 다음 날인 축제 전날 저녁 마지막 날이 되어서야 그녀는 빵을 구울 수 있었는데, 늦은 오후에 그곳으로 갔을 때, 글쎄 늙은 할망구 한네가 반죽을 엉망으로 주물러 댔고, 어린 여자애들이 나무 밀대로 심하게 미는 바람에 반죽이 너무 얇게 되어 버렸다는 것이었다. 결국 빵의 반 정도는 오븐 안에서 타 버렸고, 게다가 비가 세차게 내려 제빵소의 나무 지붕에서 끊임없이 빗방울이 떨어지는 바람에 그녀의 몸이 흠뻑 젖었으며, 지친 그녀는 깊은 밤이 되고서야 일을 마칠 수 있었다는 이야기였다.

"그런데 말이에요, 그렇게 된 데에는, 친애하는 플뢰어스하임 부인."

플레슈가 조심스럽게 친절한 미소를 지으며, 물론 진심은 아니겠지만, 다음과 같이 말을 덧붙였다.

"부인도 조금은 책임을 느끼셔야만 해요. 빵을 구울 때 도울 사람들을 나에게 보내지 않았잖아요."

"아 죄송해요."

플뢰어스하임이 대답했다.

"사람들이 너무 바쁘기 때문이지요. 측정 도구를 꾸렸어야만 했는데, 요즘 우리에게 일이 너무 많아요. 남편은…."

"나도 알아요."

플레슈가 말을 자르듯 빠르게 말했다.

"알고 있다니까요. 많은 일을 하고 있죠. 저당 잡은 것들이며, 장사도 잘되고, 그런데 목걸이는…."

말하는 사람의 입술에서 비방 조의 몹쓸 말이 흘러나왔다. 플뢰어스하임의 얼굴이 가재처럼 붉게 달아올랐다. 그때 갑자기 휜드헨 라이스가 크게 소리 질렀다.

"맙소사, 여기 낯선 여자가 누워 있어요. 죽었나 봐요…. 물, 물을 가져와요!"

아름다운 사라가 기절을 한 것이었다. 죽은 사람처럼 창백한 얼굴이었다. 어수선한 분위기 속에 참견하고 애처로워하며 모여든 여자들이 그녀를 에워쌌다. 한 여자가 그녀의 머리를 받쳤고 다른 여자는 팔을 잡았다. 나이 든 여자 몇 명이 기도대 뒤에 걸려 있던 작은 물잔에 담아 온 물을 그녀의 얼굴에 튀겨 적셨다. 그녀의 몸에도 물이 튀어 흘러내렸다. 다른 사람들은 단식일에 강한 향으로 신경을 자극하기 위해 만들어 둔, 숭숭 구멍이 뚫린 오래된 레몬을 기절한 여인의 코 아래에 갖다 댔다. 마침내 아름다운 사라는 깊은 한숨을 토하며 눈을 떴다. 그리고 멍한 눈으로 온정을 베푼 사람들에게 감사하다는 눈인사를 보냈다. 아래층에서는 여전히 18기도문 낭송이 계속되고 있었다. 누구도 소홀히 할 수 없는 기도 소리가 장엄하게 울려 퍼졌다. 분주하던 여인네들은 급히 제자리로 돌아갔다. 그리고 마땅히 그래야만 하듯이 선 자세로, 그리고 얼굴을 예루살렘이 위치한 동쪽 하늘로 향하고 기도를 올렸다. 푀겔레 오흐스, 슈나퍼엘레, 휜드헨 라이스는 아름다운 사라 곁에 오랫동안 머물렀다. 앞의 두 사람은 그녀를 돌보느라 정신이 없었지만, 마지막 여인은 그녀에게 거듭 질문을 던졌다. 왜 갑자기 기절한 것인가?

아름다운 사라가 정신을 잃을 수밖에 없었던 특별한 이유가 있었다. 어떤 재앙에서 벗어날 수 있었던 사람은 유대 회당에서 계명 구절을 봉독한 후에 사람들 앞에서 목숨을 부지하도록 보살펴 주신 신에게 감사를 드렸는데, 그것은 거의 관습과도 같았다. 바로 그것을 하기 위해 아래에 있던 랍비 아브라함이 자리에서 일어났고, 아름다운 사라는 그것이 남편의 목소리라는 것을 알 수 있었다. 울려 퍼지던 그의 목소리가 점차 탁해지더니 망자를 위한 기도의 중얼거림으로 바뀌었다. 사랑하는 사람들, 친척들의 이름이 호명되는 것을 들을 수 있었다. 망자의 이름이 불릴 때마다 명복을 비는 사람들의 후렴구가 들렸다. 마지막까지 남아 있던 희망이 아름다운 사라의 영혼에서 사라진 것이다. 사랑하는 사람들과 친척들이 정말로 살해당했다는 사실 때문에 그녀의 영혼이 갈가리 찢긴 것이다. 어린 조카들이 죽었구나. 베스헨, 블륌헨, 푀겔헨도. 어린 고트샬크도 죽었단 말이다. 모두가 살해당한 것이다! 감사하게도 기절하여 의식을 잃지 않았더라면, 가슴을 찢는 고통에 그녀 역시 죽었을지도 모른다.

3.

랍비가 회당 안뜰에서 아름다운 사라를 애태우며 기다리고 있었다. 환한 얼굴로 고개를 끄덕인 그는 그녀와 함께 거리로 나섰다. 거리는 정적이 맴돌던 전과 다르게 사람들 소리로 시끌벅적했다. 수염을 기르고 검은 옷을 입은 사람들이 개미 떼처럼 보이고, 화려한 옷을 입고 날갯짓하듯 걸어가는 여성들은 꽃무지* 같았다. 말끔하게 새

옷을 차려입은 소년들은 노인들의 기도서를 들었고, 회당 안으로 들어갈 수 없는 소녀들은 집 밖으로 나와 축복을 받기 위해 곱슬곱슬한 머리를 부모 앞에 조아렸다. 처녀들이 깔깔 웃으며 커다란 공동체 화덕에서 검은색 분필로 글씨가 적힌 항아리를 가지고 왔다. 항아리에서 군침을 돌게 만드는 맛있는 냄새가 피어오르자 골목을 오르락내리락하는 사람들은 맛있는 점심을 먹을 생각에 벌써 기분이 좋아지고 행복해했다.

어수선한 가운데 사람들의 이목을 끄는 한 사람이 있었다. 그는 스페인에서 온 기사였다. 앳돼 보이는 얼굴의 창백한 안색이 매력적이었다. 여성에게는 불행한 사랑의 씨앗이 되겠지만, 남성이라면 행복을 가져다줄 얼굴이었다. 무관심한 듯 어슬렁어슬렁 걷는 그의 걸음걸이는 조금은 우아함을 의도한 것이었다. 그래서 그런지 챙 없는 납작모자에 꽂혀 있는 깃털은 바람이 아니라 고상하게 흔드는 머리 때문에 흔들리는 것 같았다. 장화의 황금색 박차와 손에 들린 사냥 띠에서 과도할 정도로 요란한 소리가 났

---

* 꽃무지 : 풍뎅잇과에 속하는 곤충이다.

다. 비교적 가냘픈 신체의 단점을 가리기 위한 용도로 보였지만, 그는 매우 섬세하게 주름 장식을 덧댄 하얀 외투를 입고 있었다. 칼 손잡이는 꽤 고급스러웠다. 호기심 어린 표정으로, 또는 전문가다운 표정을 지으며 그는 지나가는 여인들에게 다가갔다. 그리고 태연한 모습으로 그들의 얼굴을 뚫어지게 쳐다보았다. 그럴 만한 얼굴이라는 생각이 들면, 관찰은 오래도록 이어졌다. 귀여운 아이들을 마주치면, 지나치듯 칭찬의 말을 던졌다. 물론 칭찬에 대한 반응 따위는 안중에 없이 그저 무심하게 걸으면서 말이다. 아름다운 사라 주위를 그는 벌써 몇 차례나 돌고 있었다. 무섭게 그를 노려보는 그녀와 눈이 마주치거나 알 수 없는 미소를 짓고 있는 그녀의 남편 표정에 여러 번 겁을 먹고 뒷걸음질 치던 끝에 그는 두려움을 벗어 던지고 두 사람 앞으로 대담하게 다가섰다. 그리고 잔뜩 멋을 부리며 나긋나긋한 목소리로 다음과 같이 말했다.

"세뇨라, 맹세합니다! 들어 보세요, 세뇨라, 맹세한다고요! 카스티야 왕국의 장미, 아라곤 왕국의 히아신스, 안달루시아의 석류꽃 같습니다! 환한 태양 빛에 스페인 전체가, 만발한 꽃들, 양파, 완두콩 수프, 숲, 산, 암노새, 숫염소, 기독교인들이 빛난답니다! 하지만 태양은 저 높은 곳에 있는 하늘에 비한다면, 고작 작은 황금색 나뭇가지에 불과하죠! 높은 하늘에 계신 주님께서는 밤낮으로 고귀한 여인들을 빚어내시기 위해 고민을 하시지요. 맹세합니다. 세뇨라, 그대는 제가 독일 땅에서 본 여인 중 최고이십니다. 제가 그대를 섬길 수 있도록, 제가 그대의 기사가 될 수 있는 은총을 베풀어 주십시오. 온갖 모욕에도, 심각한 상황이 발생하더라도 제가 그대의 빛깔을 지닐 수 있도록 허락해 주십시오!"

아름다운 사라의 상기된 얼굴에 고통스러운 표정이 떠올랐다. 날카롭게 쏘아보면서도 부드럽게 의사를 전하겠다는 시선으로, 매몰차지만 떨리듯 연약한 목소리로 마음 상한 여인이 대답했다.

"고귀하신 신사시여! 당신이 저의 기사가 되고 싶으시다면, 온 민족을 위해 싸우셔야만 합니다. 이 싸움에는 감사도, 명예도 없습니다! 진정 제 색깔을 지니고 싶으시다면 당신의 외투에 노란색 원을 꿰매어 두고 푸른색 줄무늬 띠를 어깨에 동여매어 주세요. 이것이 바로 나의 색입니다. 내 집의 색이고 이스라엘이라고 불리는 집의 색입니다. 비참하기 짝이 없군요. 행운을 타고난 후예들이 골목에서 우리를 조롱하다니!"

스페인 사람의 뺨이 갑자기 심홍색으로 물들었다. 당황한 그는 어떤 말을 해야 할지 몰랐다. 더듬거리며 그가 말했다.

"세뇨라… 그대는 제 말을 오해하셨습니다…. 악의 없는 농담이었습니다…. 하지만 주님을 조롱하지는 않았습니다. 이스라엘을 조롱하지 않았습니다…. 저 역시 이스라엘 집 출신이기 때문입니다…. 할아버지가 유대인이었고, 어쩌면 제 아버지도…."

"분명 그러합니다, 세뇨르. 당신의 숙부께선 유대인이셨습니다."

그 광경을 찬찬히 지켜보던 랍비가 갑자기 끼어들며 말했다. 그리고 조롱하듯 그를 쳐다보며 말을 이었다.

"분명히 나는 말할 수 있습니다. 다윗의 왕실 후손도 그렇지 않았습니다만, 그분은 이스라엘의 최고 가문에서 태어나셨고, 위대한 랍비의 조카인 돈 이사크 아바르바넬이죠!"

스페인 사람의 외투 안 사냥 띠에서 잘그락 소리가 났다. 그의 뺨은 창백하다 못해 핏기마저 사라진 것 같았고, 쓸쓸한 냉소를 지을 때처럼 윗입술은 움찔거렸으며, 불같이 화를 내며 비죽이는 죽음의 불꽃이 눈에서 이글거렸다. 그의 말은 얼음처럼 차갑고 날카로운 목소리로 바뀌었다.

"세뇨르, 랍비 선생! 당신은 나를 알고 있는 것 같군요. 당신은 내가 어떤 사람이란 걸 알고 있단 말이오. 내가 사자 새끼라는 걸 아는 여우라면 몸조심해야 할 겁니다. 여우 수염을 잃지 않도록, 나를 자극해서 분노의 상황에 이르지 않도록 해야 할 겁니다! 여우 따위가 어떻게 사자와 싸울 수 있을까요? 자신을 사자로 생각하는 자만이 그 약점을 알 수 있죠…."

"오 나는 그것을 잘 알고 있습니다."

랍비가 대답했다. 주름진 이마가 상대방을 안타깝게 생각하고 있다는 걸 말해 주었다.

"잘 알고 있단 말입니다. 자신만만한 사자가 우쭐한 나머지 제왕다운 모피 외투를 벗어 던지고 몸을 악어의 화려한 비늘 갑옷으로 덮으려 한다는 걸 말입니다. 싸우는 걸 좋아하고 약삭빠르며 식성 좋은 악어가 되는 걸 사람들은 좋아하기 마련이죠! 그런데 사자는 내키지 않지만 보잘것없는 짐승이 먼저 싸움을 걸어온다면? 돈 이사크, 조심하세요. 당신은 악어가 되도록 태어난 사람이 아닙니다. 물은—당신은 이것이 무엇인지 알 것이오—바로 당신의 불행이지요. 당신은 멸망의 길을 걸을 것이오. 당신의 왕국은 물 안에 있지 않아요. 숲을 지배하는 왕보다도 연약한 송어가 물 안에서 더 잘 살 겁니다. 타구스강*의 소용돌이에 휩쓸렸을 때를 당신은 여태 기억하고 있을 겁니다."

크게 웃음을 터뜨리며 돈 이사크가 랍비의 목을 껴안았다. 입술에 입을 맞추고 잘그락거리는 박차 소리 요란한 가운데 기쁜 나머지 그는 깡충깡충 뛰었다. 그 모습에 지나가는 사람들이 놀랐다. 다시 본연의 목소리로 그가 말했다.

"정말이구나, 자네는 바헤라흐의 아브라함이란 말이야! 맞아, 자네가 톨레도의 알칸트라 다리에서 강에 뛰어들어 수영하기보다는 익사당하기 쉬운 친구의 머리끝을 잡고 뭍으로 끌고 나왔을 때의 우정 어린 그 시절이 생각나는군! 로마인들이 그 강을 황금강으로 불렀는데, 그래서 나는 타구스강 바닥에 정말로 황금 낱알이 있는지 철저하게

---

* 물 : 기독교의 정결 의식에서 쓰이는 세례 성수를 가리킨다. 돈 이사크가 유대교에서 기독교로 개종했음을 짐작할 수 있다.
* 타구스강 : 스페인과 포르투갈의 경계를 이루며 대서양으로 빠져나가는 이베리아반도에서 가장 긴 강이다.

알아볼 생각이었지. 당시 나는 그것에 거의 정신이 팔린 거나 다름없었다고 말할 수 있지 않을까? 그때의 난리를 떠올리면 지금도 몸이 오싹한다네."

이 말을 하며 스페인 사람은 몸에서 물방울을 떨구어 내는 시늉을 했다. 랍비의 얼굴은 완연하게 밝아졌다. 거듭 친구의 손을 잡으며 그가 말했다.
"정말 기쁘네!"
"나 역시 기쁘네."
다른 이가 말했다.
"지난 7년 이래로 서로 보지 못했군. 당시 헤어질 때만 해도 나는 어리고 철없는 풋내기에 불과했지. 그런데 자네는 그때도 벌써 분별 있고 진지한 사람이었네…. 당시 라우테* 가락에 맞추어 노래를 부르며 수없이 한숨을 쉬게 한 그 아름다운 아가씨는 어떻게 되었나…?"

"조용히, 조용히! 우리 말을 그 아가씨가 듣고 있다네. 그녀는 나의 아내가 되었네. 자네가 오늘 바로 그녀에게

* 라우테 : 현악기의 일종이다.

자네의 취향과 시적 재능을 시연해 보인 것이네."

앞서 당황했던 때를 완전히 잊어버리고 스페인 사람은 아름다운 여인에게 인사를 건넸다. 그러자 그녀는 불쾌한 감정을 드러내 남편의 친구를 상심하게 한 것에 대해 예를 갖추어 미안함을 표했다.

"아, 세뇨라."

돈 이사크가 대답했다.

"무딘 손으로 장미를 잡으려 했던 자는 가시에 손이 찔리더라도 할 말이 없는 법! 저녁별이 푸른 강에 비추어 황금빛으로 빛나고…."

"맙소사, 그만하게나."

랍비가 그를 제지했다.

"그만하게…. 저녁별이 푸른 강에 황금빛으로 빛날 때까지 기다려야만 한다면, 내 아내는 허기가 들 것이네. 그녀는 어제 이후로 아무것도 먹은 것이 없고, 불행과 고난에 시달렸다네."

"그렇다면 내가 두 사람을 이스라엘 요리를 최고로 잘하는 식당으로 데리고 갈 것이네."

돈 이사크가 말했다.

"내 친구 슈나퍼엘레의 집으로 말일세. 근처에 있네. 벌써 식당에서 정겨운 냄새가 흘러나오고 있는데. 아브라함, 자네는 알고 있지. 왜 이 냄새가 내 마음을 끌었는지! 바로 그거야. 내가 이 도시에 머문 이래로 야곱의 천막으로 자주 갈 수밖에 없었던 이유라네. 주님의 민족과 만나는 것은 내가 좋아하는 것이 아니야. 기도하기 위해 오는 것은 더욱 아니라네. 유대인 골목을 방문한 것은 맛있는 음식을 먹기 위함이네."

"자네는 우리를 좋아하지 않군, 돈 이사크…."
"그렇다네."
스페인 사람이 말을 이었다.
"나는 너희들의 신앙보다 훨씬 더 요리를 사랑하네. 너희들의 신앙에는 제대로 된 양념이 빠져 있단 말이야. 너희들의 종교를 이제까지 나는 제대로 소화해 본 적이 없어. 유대 왕국과 이스라엘 왕국을 통치하던, 말하자면 내 조상 다윗 왕이 통치하던 시절처럼 너희들의 시절이 좋을 때라 하더라도, 나는 너희들 사이에서 제대로 견뎌 내지 못했을 거야. 아마도 이른 새벽 시온산에서 도망쳐서 페니키아로 이주했을 거야 아니면 신들의 성전에서 삶의 쾌락이 끓어오르는 바빌론으로 갈지도 모르지."

"이사크, 자네는 유일하신 주님을 모독하고 있네."

랍비가 엄숙하게 중얼거리듯 말했다.

"자네는 기독교인보다 더 나쁘네, 자네는 이교도고 우상을 숭배하는 사람이네…."

"그래, 나는 이교도야. 말라비틀어졌고 기쁨을 알지 못하는 히브리 사람만큼이나 우울하고 자학하는 습관을 가진 나사렛 사람들도 나는 싫어. 시돈의 여신인 아스테르트는 내가 십자가에 못 박힌 예수의 어머니 앞에 무릎을 꿇고 기도드리는 것을 용서하실 거야…. 오직 내 무릎과 혀만이 죽음을 찬미하고 있지. 하지만 내 가슴은 삶을 향한다네…!"

"그렇다고 그렇게 짜증 난 얼굴로 쳐다보지 말게나."

스페인 사람은 자신의 말에 랍비가 전혀 감흥을 느끼지 못하는 것을 알아채고 말을 이어 나갔다.

"꺼림칙한 표정으로 나를 쳐다보지 말게. 내 코는 아직 변절자의 코가 되지 않았어. 언젠가 우연히 점심시간에 이곳에 들어온 적이 있네. 그런데 유대인들의 집 부엌에서 익숙한 냄새가 내 코로 들어왔지. 바로 그 순간 나는 어떤 동경에 사로잡혔네. 그것은 우리 선조들이 이집트에서 성찬을 즐기던 때를 회상하며 그리워했던 그 느낌일 거야. 어린 시절 맛있게 음식을 먹던 기억이 불쑥 떠오른 것이지. 기억 속에서 나는 갈색 건포도 소스를 곁들인 잉어 요리를 보았네. 숙모가 금요일 저녁에 정말 근사하게 만들어 주셨던 요리였지. 마늘과 무가 들어간 찐 양고기 요리도 보았지. 그거라면 죽은 사람도 깨어나고 말걸. 감자 경단이 둥둥 떠 있는 수프…. 내 영혼은 사랑에 빠진 꾀꼬리 소리를 들을 때처럼 누그러지고 말았지. 여하튼 그날 이후로 내 친구 도냐 슈나퍼엘레의 식당에서 나는 음식을 먹게 되었네!"

그러는 사이 그들은 식당에 도착했다. 슈나퍼엘레는 정문 앞에 서서 굶주림을 못 이겨 밀려드는 큰 시장의 외국인들을 반갑게 맞이하고 있었다. 그녀의 어깨 위로 고개를 쑥 내민 큰 키의 나젠슈테른도 함께 서서 호기심과 두려움이 섞인 표정으로 음식점에 들어오는 사람들을 쳐다보았다. 과하게 위엄 있는 표정을 지으며 돈 이사크가 여주인에게 다가갔다. 그녀는 그가 익살스럽게 깊이 머리 숙여 인사하는 것에 무릎을 굽혀 절하며 화답했다. 오른손 장갑을 벗은 그는 입고 있던 외투 자락으로 그녀를 휘감았다. 그러면서 슈나퍼엘레의 손을 잡아 천천히 그의 수염 위를 어루만지도록 했다. 그가 말했다.

"세뇨라! 그대의 눈은 작열하는 태양과 견주어야만 할 것이오! 달걀은 오래 삶을수록 단단해지기 마련이지만, 내 가슴은 그대의 불꽃으로 오래도록 뜨거워져도 연약하기만 하다오! 내 심장 가운데에서 사랑의 신이 날아올라 그대의 가슴 안에 아늑한 거처를 마련하려 하오…. 당신의 가슴, 세뇨라, 무엇과 비교하리오? 이 넓은 세상에서 어떠한 꽃도, 열매도 당신의 가슴과 닮은 것은 없으리! 고운 모습은 그 어디에도 없을 것이오. 거센 바람이 불어 연약한 장미 잎이 떨어지더라도, 그대의 가슴은 바람이 불어도 견디는 겨울 장미라오! 신맛 나는 레몬은 오래될수록 노랗게 되고 주름살투성이가 되지만, 그대의 가슴은 색깔과 부드러움을 잃지 않은 달콤한 파인애플과 견줄 수 있을 것이오! 오 세뇨라, 그대가 나에게 어제도, 그저께도, 그리고 매일같이 이야기해 준 암스테르담이 아름답다고 하지만, 그 도시가 두 발로 디딘 땅이 천배는 아름다운 법…."

당황할 정도로 허황한 말을 하며 기사는 슈나퍼엘레의 목에 걸려 있는 커다란 형상을 애가 타듯 곁눈질하며 보았다. 나젠슈테른은 관찰자의 눈으로 머리부터 발끝까지 그녀를 살폈다. 기사가 그토록 칭찬하는 가슴이 파도치듯 움직였다. 암스테르담이 이리저리 흔들리고 있었다.

"아!"

슈나퍼엘레가 한숨을 내쉬었다.

"고결한 도덕성이 아름다움보다 훨씬 가치가 있죠. 아름다운 것이 무슨 소용이 있나요? 내 젊은 시절은 이미 지나가 버렸어요. 슈나퍼가 죽은 이후로 말이에요. 그 사람은 아름다운 손을 가지고 있었죠. 이제 나에게 아름다움이 도대체 어떤 의미가 있다는 것이죠?"

그러면서 그녀는 다시 한숨을 쉬었다. 그때 들릴 듯 말 듯 메아리 같은 한숨 소리가 들렸다. 그녀의 뒤에 있던 나젠슈테른이었다.

"아름다움이 그대에게 어떤 의미냐고요?"

돈 이사크가 물었다.

"오, 도나 슈나퍼엘레, 제발 만물을 창조한 자연을 욕되게 하지 마세요! 자연이 가지고 있는 고귀한 재능을 모욕하지 마시길! 복수할지도 모른답니다. 행복을 느끼게 해주는 아름다운 눈이 유리로 덮은 듯 뿌옇게 되고, 기품 있는 입술이 말라비틀어져 납작해질지 모릅니다. 순결하고 매력을 발산하는 그대의 육체가 끈적이는 기름 덩어리가 될 수도 있답니다. 아름다운 암스테르담이 썩은 냄새가

진동하는 수렁으로 바뀔지도 모릅니다."

그가 슈나퍼엘레의 현재 모습을 세밀하게 하나씩 나열하며 설명하기 시작하자 생각지도 않은 두려움에 사로잡힌 가련한 여인은 용기를 내어 기사의 끔찍한 이야기를 중단시키려 했다. 그 순간 그녀는 아름다운 사라를 발견했다. 그녀를 보자 반가운 마음이 샘솟은 슈나퍼엘레는 혼절했던 그녀가 정말 회복했는가를 애틋한 심정으로 물었다. 그러면서 갑자기 자신의 이야기를 꺼내며 생기를 되찾았다. 지나치게 고상한 척하지만, 이 사람이 정말로 친절한 사람이라는 것을 알 수 있는 이야기였다. 끔찍한 이야기를 하는 그녀는 현명하다기보다는 이 세상을 두루 경험한 사람이었다. 그녀 역시 너무 놀란 나머지 기절할 뻔했던 적이 있다고 했다. 화물선을 타고 세상 물정을 모르는 그녀가 암스테르담으로 갔을 때였는데, 가방을 나르던 교활한 사기꾼 녀석이 점잖은 여관이 아닌 천박한 사창가로 그녀를 인도한 것이었다. 화주에 취한 사람들과 부도덕한 분위기를 보고 그녀가 즉각 알아챈 것이다. 그 추잡한 집에서 보낸 6주 동안 잠시라도 눈을 감았더라면, 앞에서 말했듯이 그녀는 기절했을 거라는 이야기였다.

"내가 도덕적인 사람이기 때문이지요."

그녀가 말했다.

"그래서 그렇게 할 수가 없었던 거죠. 그런데 이 모든 일이 바로 나의 미모 때문이었어요! 하지만 아름다움은 덧없는 것이죠. 도덕적 고결함만이 세월을 견디는 법이에요."

돈 이사크는 그녀의 이야기가 틀렸다는 걸 조목조목 밝힐 참이었다. 그런데 그 순간 다행스럽게도 란강*의 도시 홈부르크에서 온 아론 히르시쿠가 입에 흰색의 냅킨을 문 채 음식점 밖으로 나와 수프를 오래전에 테이블로 가져다 놓았으니 여주인은 빠지고 손님들은 어서 테이블로 가라고 퉁명스럽게 말했다….

위 이야기의 끝과 이어질 소설의 내용을 담은 원고는 작가의 책임과 무관하게 사라지고 없다.

---

* 란강 : 라인강의 지류다.

해 설

〈슈나벨레봅스키 씨의 회상〉은 하이네가 피카레스크 소설*의 형태를 빌려 시대를 관찰하고 징후를 드러내며 독자의 성찰을 유도한 작품이다. 이 소설을 읽는 독자는 하이네의 위트와 세련된 감성, 독특하고 기발한 상상에 미소 짓지 않을 수 없을 것이다. 아울러 세속적이고 탐욕적인 주인공 슈나벨레봅스키의 일탈적 면모 이면에 숨겨진 작가의 의도, 즉 사회 비판과 풍자는 독자가 세상을 현재와 다른 눈으로 보도록 만든다. 또한 주인공은 여행길에 올라 많은 것을 체험하고 고향으로 다시 돌아오는 돈키호테의 모습과 유사하다. 즉흥적이고 무모한 언행과 공상을 일삼지만, 돈키호테는 스페인 사회의 부정과 도덕적 타락

---

* 피카레스크 소설 : 악한 소설, 건달 소설로도 불린다. 사회의 어두운 측면을 형상화하고 풍자와 비판에 목적을 둔 소설 형식으로서 소설의 사건들은 유기적인 관계 속에 긴밀하게 연결되지 않으며, 개별적 나열을 통해 병렬적으로 전개된다. 그러나 개별적 이야기들은 결국 하나의 이야기라는 것을 알 수 있다.

을 날카롭게 비판하고 풍자하면서 유토피아를 꿈꾸는 존재다. 슈나벨레봅스키는 신학을 공부하기 위해 네덜란드로 가려 한다. 그러나 그는 같은 생각의 사람들과 만나고, 경험을 나누기 위해 독일 함부르크와 쿡스하펜, 그리고 네덜란드의 암스테르담을 먼저 여행한다. 그는 세속적이고 감각적인 향락에 흠뻑 빠지고 원래의 의도인 신학 공부는 어느새 뒷전으로 밀려난다. 그러나 세상을 떠도는 주인공은 낯설고 생경한 풍경의 현실에 대한 집요한 관찰을 멈추지 않는다. 독자는 그의 시선을 통해 드러난 일상의 순간을 마주하고 빗나간 탐욕과 맹목적 의지에 휘둘리는 인간 삶의 실체를 발견하게 된다.

1834년에 출간된 〈슈나벨레봅스키 씨의 회상〉은 당대의 문학 작품들과 여러 면에서 차별된다. 소설은 당대에 유행하던 낭만주의나 비더마이어와 같은 문예 사조가 아닌 앞선 시대의 사조들, 예컨대 바로크나 르네상스 시기의 피카레스크 소설에서 모티브를 취했다. 피카레스크는 주로 부정하고 타락한 세계를 대상으로 삼는다. 특히 세속적이고 관능적인 측면에 집중하는 경향이 있는데, 방랑하듯 돌아다니며 주위 세계를 관찰하는 주인공은 사회 구석구석의 병적이고 부조리한 현상을 익살스럽게 묘사하고 풍자함으로써 독자가 그것을 두드러지게 인식하도록 하는 역할을 한다. 부정한 현실과 더불어 피카레스크에서 빠질 수 없는 또 다른 모티브들은 관능적 사랑과 여성이다. 〈슈나벨레봅스키 씨의 회상〉은 시민 사회의 성 풍속을 희화한 장면들을 자주 연출한다. 주인공의 외설스럽고 경박한 묘사는 독자의 책 읽는 재미와 즐거움, 자극의 목적을 넘어 아름다움과 추함, 선과 악 등의 양면성을 드러내 보이고 그릇됨을 지적하여 유럽 사회를 비판하는 기능을 한다.

성 풍속 요소가 또 다른 요소인 음식의 메타포와 연결될 때 소설의 사회 비판 기능은 더욱 효과적으로 발휘된다. 하이네는 성과 음식을 연결 지으며 인간의 욕망을 풍자한다. 소설 속에서 한 보험업자는 매춘부 민카와 헬로이제가 걸어가는 것을 보고 이렇게 말한다.

"저 두 사람을 데려다가 하나는 아침 식사 때에, 다른 하나는 저녁 식사 시간에 기분을 돋우고 싶구나. 그런 날이라면 점심은 걸러도 좋을 거야."

또 다른 곳에서 슈나벨레봅스키는 여성의 존재를 음식으로 환원한다.

"우리는 최고의 것, 가슴으로부터 성스럽게 타오르는 불꽃, 사랑을 주었건만, 도대체 우리에게 당신들이 그에 대한 보상으로 준 것이 무엇인가요? 고기, 형편없는 소고기였습니다. 닭고기는 더 형편없죠."

소설에서 성과 음식의 관련성을 가장 분명하게 보여 주는 사례는 붉은 암소 여관의 여주인일 것이다. 여관 여주인과 부적절한 관계에 있는 슈나벨레봅스키는 친구들과 함께 매일 그녀가 보내 준 음식을 먹는데, 문제는 여주인의 만족 여부에 따라 음식의 질이 바뀐다는 것이다. 형편없는 음식을 맛본 친구들은 주인공에게 더 열정적으로 여주인을 사랑하라고 재촉하며 괴롭힌다. 그들은 한 사람의 희생으로 다수가 행복해진다는 논리를 펴며 역사적 사건 속에서, 심지어 종교에서 근거를 찾으려 한다. 결국 그들의 과열된 대화는 말싸움으로 이어지고, 다시 대결 상황으로 치달으면서 한 친구가 중상을 입게 된다. 여성을 음식에 비유하고, 음식과 결부된 존재로 비하하는 슈나벨레봅스키와 친구들에게 음식과 여성은 관능과 감각을 체현하는 수단이자 소비재 역할을 한다. 하이네가 시민 사회의 왜곡된 성 인식을 풍자했다는 것을 알 수 있다.

서술 시각의 측면에서도 〈슈나벨레봅스키 씨의 회상〉

은 피카레스크 소설의 전형적인 특성을 보인다. 작품의 시점은 일인칭으로 슈나벨레봅스키가 서술자가 되어 자신의 이야기를 전개해 나가는 방식이다. 주인공은 자서전을 쓰듯 자신이 태어난 때부터 서술을 전개한다. 이어 조용하고 평화로운 전원 배경의 부모 집을 떠나 속물적이고 이기적이며 욕망에 휘둘리는 혼탁한 도시에 들어가서 여러 계층과 부류의 사람들, 특히 하층 계급의 사람들을 만나며 일어난 일들을 독자에게 보고한다. 주인공의 감정과 생각은 왜곡 없이 그대로 독자에게 전달된다. 주인공이 독자에게 인물과 사건에 대해 모든 것을 알려 주므로, 독자가 주인공에게 친근감을 느낄 수 있는 장점이 있다. 반면 독자는 서술된 인물이나 사건들에 대해 일정한 거리를 둘 수 있다. 서술 대상에 대한 정보를 얻기 위해서 독자는 서술자에게 의존할 수밖에 없지만, 독자는 서술 대상에 대한 서술자의 시각이 주관적이고 표면적이라는 것을 알고 있다. 즉 서술 대상에 대한 독자의 서사적 거리가 형성되는 것이다. 독자는 서술자의 고정된 시각에서 벗어날 수 있으므로 서술된 인물과 사건을 새롭게 관찰하고 객관적인 위치에서 대상을 조망할 수 있다. 슈나벨레봅스키가 보여 준 진풍경을 통해 19세기 유럽 사회의 사물화되고 부도덕한 세계에 대한 비판적 관찰이 가능한 것이다.

〈슈나벨레봅스키 씨의 회상〉에서 찾을 수 있는 피카레스크의 또 다른 요소로 주인공의 특성과 역할을 꼽을 수 있다. 슈나벨레봅스키는 기존의 영웅상, 즉 강력한 힘이나 권력을 가졌고 정의로우며 선한 존재의 이미지와는 거리가 멀다. 그는 도덕적으로 결함이 있고 쾌락을 즐기며 부조리한 현실에 적극적으로 가담하고 호기심과 욕망에 휘둘리는 인물이다. 즉 그는 평범하고 속물적인 사람들 사이에서 자신의 이익과 욕망을 챙기기 위해 노력하는 반영웅이며, 사건이 발생하면 뛰어난 능력으로 문제를 해결하기보다는 방관자의 위치에서 사건의 추이를 관찰하는 나약한 존재다. 하이네의 소설에는 특별한 요소 하나가 더 추가된다. 위트와 유머다. 독자는 서술 대상이 주인공의 독특하고 풍부한 상상력으로 개성 있게 드러날 때 흥미를 갖는다. 슈나벨레봅스키는 인물의 모습과 언어를 희화하고 조롱한다. 또한 사건들을 아무 연관 없이 뒤섞거나 비교하는데, 독자는 기대를 배반하는 서술자의 이러한 부조리한 관찰에 실소가 터질 수밖에 없다. 그러나 동시에 등장인물들의 분노하고 슬퍼하며 좌절하는 모습을 재치 있게 담은 서술을 대하며 유럽 사회의 부도덕하고 물질 만능의 세태를 꿰뚫는 식견을 얻는다.

하이네가 물질주의에 빠진 사람들을 묘사하는 방식은

매우 특이하고 흥미롭다. 그는 이해타산적 사고에 사로잡혀 타락하는 인간을 표현하기 위해 기호를 사용한다. 사람 이름은 일절 제시되지 않고 숫자로 기호화한 인물이 이제 행위 주체가 된다.

나는 갑자기 어리석은 광기에 사로잡혔다. 스쳐 지나가는 사람들을 나는 좀 더 꼼꼼하게 관찰했다. 문득 사람들이 아라비아 숫자에 불과하다는 생각이 들었다. 임산부이고 큰 가슴을 가진 배우자 불길한 3 옆에 다리가 굽은 2가 걸어가고 있다. 그 뒤로 4가 지팡이에 의지하여 걸음을 옮기고, 작은 머리의 배가 불룩한 불길한 5는 아장아장 걸으며, 작은 체구의 유명한 6, 그리고 더 잘 알려진 사악한 7이 걸어가고 있다.

이름은 인간의 존재와 개성을 규정하는 요소다. 이제 이름이 제거되고 기호로 표시된 사람은 개인으로서의 구체성을 잃고 추상적인 개념을 지시하는 요소로 기능한다. 황금만능주의로 인해 사회가 비인간화되고 인간의 존엄성이 훼손되었으며, 이름을 잃은 인간은 물질적 가치를 최고로 여기는 물질주의의 만연 때문에 자신에게서 분리되는 소외를 겪는다. 주지하다시피, 19세기 유럽은 산업화와 더불어 자본주의가 급속도로 발전하면서 인간이 자본이나 물질을 토대로 세계에 대한 가치 판단을 하도록 만들었다. 그 결과 인간보다 물질이 우선시되는 사회가 되면서 비인간화라는 역기능을 초래했다. 하이네가 인간을 기호화함으로써 물질주의에 함몰된 유럽 시민 사회를 비판하고 철저히 소외된 인간의 모습을 탁월하게 형상화한 것을 발견할 수 있는 것이다. 이러한 모습은 다른 곳에서도 발견된다. 슈나벨레봅스키에게 함부르크의 남성들은 감탄이나 존경을 불러일으킬 만한 사람들이 아니다. 그들은 언제나 채워지지 않는 욕망에 사로잡혀 있다. 제어되지 않는 식욕 본능에 육체는 왜곡되었고 논의 흐름을 읽는 눈은 늘 날카롭게 주위를 살핀다.

남성들에 대해서 말하자면 이렇다. 대부분 그들은 뚱뚱하고, 이성적으로 보이는 날카로운 눈매를 지녔으며, 이마는 좁았고, 뺨은 너저분하게 아래로 처졌으며, 음식을 먹는 부위가 특히 발달했다. 모자는 마치 못 박은 듯 머리에 고정되었고, 두 손은 바지 주머니 속에 들어 있다. 내가 낼 금액이 얼마요? 누군가에게 이렇게 물어볼 때처럼 말이다.

소설은 탐욕에 눈이 멀어 버린 함부르크 남성들의 모습을 과장되게 표현함으로써 역설적으로 시대의 문제점 및 원인을 분명하게 드러내 보여 주고 있다. 그런데 놀랍게도 하이네의 조롱과 풍자는 우리 시대에도 적용할 수 있지 않은가! 자본주의적 산업화로 빚어진 현재의 비인간화와 물화 현상은 19세기와 큰 차이 없고 분열은 되레 심화했다. 하이네의 깊이 있는 위트와 유머, 그리고 부조리를 향한 날카로운 비판의 칼은 우리에게도 쓸모가 있다.

*

하이네는 〈바헤라흐의 랍비〉를 1822~1823년에 쓰기 시작했고, 1840년에 3장을 추가하면서 재집필했지만, 이야기의 끝을 매듭짓지 않은 미완의 상태 그대로 출간했다.* 바헤라흐 유대인 공동체와 제식 살인, 포그롬,* 프

---

* 소설 말미에, "위 이야기의 끝과 이어질 소설의 내용을 담은 원고는 작가의 책임과 무관하게 사라지고 없다"라고 설명되어 있지만, 미완의 상태에 대한 하이네의 구체적인 언급은 없다.

랑크푸르트 유대인 골목, 세파라딤 유대인 등에 대한 이야기들이 소설의 주요 내용이며, 기독교의 절대적 권위 아래 무지와 편견에 휘둘린 15세기 중세 서구인의 모습도 다루었다.

세 개의 장으로 이루어진 〈바헤라흐의 랍비〉는 라인강변의 작은 마을 바헤라흐와 대도시 프랑크푸르트를 배경으로 펼쳐진다.

1장에서는 소설의 도입부 역할을 하는 역사 속 유대인 박해의 양상과 성 베르너 성당의 건립 배경에 대한 언급에 이어 랍비 아브라함의 집에서 열린 유월절 축제 전야에 관한 이야기가 전개된다. 엄숙하면서도 유쾌한 분위기 속에서 랍비는 공동체 사람들과 이집트의 노예 생활에서 선조들이 해방한 사건을 기념하고 구원과 메시아의 도래를 소망한다. 그때 갑자기 문이 열리고 두 명의 낯선 남자가 방에 들어온다. 랍비는 동족임을 밝히며 예식 참여를 희망하는 그들을 따뜻하게 받아들인다. 랍비의 아내 사라는 《아가다》의 구절을 읽던 남편의 얼굴이 갑자기 겁에 질려 얼어붙은 것을 발견한다. 그러나 랍비는 이내 겁먹은 표

---

* 포그롬 : 반유대주의 폭동과 학살을 말한다.

정을 감추고 태연한 모습으로 낭독을 이어 간다. 손을 씻는 정결 예식이 시작되자 랍비는 사라에게 은밀하게 밖으로 나오라는 신호를 눈짓으로 보낸다. 그는 사라의 손을 잡고 서둘러 마을을 빠져나오고 라인강 가에 있는 바위 위에 오른다. 랍비는 테이블 밑에서 어린아이의 시체를 보았고, 이것을 빌미로 기독교인들이 곧 집에 들이닥칠 것이라고 사라에게 말해 준다. 죽음의 위협에서 벗어나기 위해 두 사람은 농아 빌헬름의 배를 타고 라인강을 따라 프랑크푸르트로 향한다.

2장에서 랍비 아브라함과 사라는 프랑크푸르트에 도착한다. 그들은 혼잡한 부두와 광장을 거쳐 유대인 골목을 향해 간다. 이곳은 도시 성벽으로 둘러싸이고 수시로 발생했던 폭동과 약탈을 저지하기 위해 출입구 밖은 독일인이, 안은 유대인이 지킨다. 그곳의 유대인들, 나젠슈테른과 바보 예켈의 대화를 통해 주위 세계에 대한 두려움에 사로잡힌 유대인들의 어리석음이 반영된다. 랍비 아브라함과 사라는 유월절 축제로 텅 빈 골목을 지나 유대 회당으로 들어간다. 회당에서 남자와 여자는 서로 다른 구획에 앉게 되어 있다. 상층의 회랑에서 사라는 수다쟁이이자 다른 여인들의 질시와 모함의 대상인 슈나퍼엘레를 알게 된다. 회당 아래 남편 아브라함이 구원받은 것에 대한 감사의 기도에 이어 망자를 위한 추도 기도문을 낭독하자 사라는 바헤라흐에 남은 가족들이 모두 박해에 희생되었다는 사실을 깨닫고 깊은 충격을 받는다. 사라는 실신하고 여인들의 수다와 험담은 중단된다.

3장에서 실신 상태에서 깬 사라는 랍비 아브라함과 함께 기독교로 개종한 스페인 기사 돈 이사크 아바르바넬을 우연히 만난다. 랍비는 사라의 미모에 반해 구애하는 그가 톨레도에서 공부하던 시절 타구스강에서 목숨을 잃을 수 있었던 위급한 상황에서 직접 구조했던 친구라는 것을 알게 된다. 돈 이사크는 유대인 요리를 맛보러 유대인 골목에 왔다면서 랍비와 사라를 슈나퍼엘레가 운영하는 식당으로 초대한다. 랍비는 변절 행위를 비난하고 전통으로 돌아갈 것을 요구하지만, 돈 이사크는 기독교와 마찬가지로 메마르고 삶의 즐거움을 부정하는 유대교 전통을 조롱한다. 그러면서도 개종에도 불구하고 유대 전통과 정체성을 상징하는 유대인 음식에 대한 그리움을 떨쳐 버리지 못하는 자기 신세를 한탄하듯 말한다. 식당 앞에서 허황한 말로 슈나퍼엘레의 미모를 칭찬하는 돈 이사크와 칭찬에 흡족한 그녀의 대화를 마지막으로 소설은 결론을 내리지 않은 채 열린 결말로 갑자기 끝난다.

라인강은 그리스 신화에 등장하는 목가적인 이상향 아

르카디아로 그려지며 아름답고 시적인 독일 풍경의 중심으로 자리를 잡은 강이다. 한편 라인강은 민족주의와도 깊은 연관이 있다. 하이네가 생존하던 시기에 정치적 단일 국가 독일은 존재하지 않았다. 1871년 프로이센을 중심으로 독일 제국이 건설되기 이전의 독일은 '독일 연방'에 속한 군소 국가들로 분열되어 있었다. 그러나 독일 지역을 하나의 국가로 통일했던 재상 비스마르크에 앞서 독일 민족의식을 고취하고, 독일과 독일인의 정체성을 찾으려는 시도는 이미 연방 성립 이전부터 전개되었다. 예컨대 낭만주의 작가들은 라인강을 따라 여행하며 전설, 동화, 노래 등을 발굴했고, 여러 형태의 예술적 표현을 통해 독일의 고유성과 웅대함이 강화된 라인강의 이미지를 생산해 전승했다. 이념화된 라인강의 이미지는 이후 독일 민족의 애국심을 고취하는 데 최적의 소재이자 민족주의의 상징으로 자리 잡았다.

그러나 소설에서 그려진 라인강의 모습은 독일인의 가슴을 벅차오르게 만드는 애국심과는 거리가 멀다. 하이네는 한때 라인강 주변의 아름답고 낭만적인 풍경을 널리 알리는 데 지대한 역할을 한 시 〈로렐라이〉*를 썼지만, 소설에서 라인강은 이념을 숨긴 대상이자 민족의 이상향이 아닌 유대 민족의 고난과 역경의 역사가 전개된 배경으로 서술된다. 라인강에 얽힌 전설과 자연 경관에 매료된 시인 하이네는 중세 가톨릭교와 독일인이 저지른 어두운 역사의 흔적들을 찾아 그 의미를 가늠할 배경으로 라인강을 선택한 것이다.

소설 집필 당시 하이네는 개혁파 유대인들이 세운 '유대문화학술협회'의 회원이었다. 이 단체는 유대교의 개혁, 유대인의 해방 및 주위 세계와의 동화를 적극적으로 실천해 나갈 것을 목표로 삼고, 아슈케나짐* 유대교의 고루한 전통을 비판했다. 엄격한 형식과 의식을 고집하며 종교에 얽매인 관습 등을 골자로 한 아슈케나짐 랍비 전통은 개혁파 유대인들의 정치적, 사회적 해방에 걸림돌이었다. 협회는 동화의 가속을 주장했고, 심지어 전통의 완전한 부정을 주장하기에 이르렀다. 협회에 대한 하이네의 거리가 바로 이 점에 있었다. 전통 수용의 문제, 유대인-독일인의 이중적 정체성 문제에 대한 하이네의 내적 고민이 단체 내

---

* 〈로렐라이〉: 《노래의 책》(1827)에 실린 시다.
* 아슈케나짐: 독일과 프랑스를 비롯하여 동유럽의 유대인들을 통칭하는 개념이다. 스페인과 포르투갈 등지의 유대인들을 가리키는 세파라딤 유대인과 구분된다.

활동과 토론을 통해 심화하였고, 이러한 성찰의 결과가 〈바헤라흐의 랍비〉에 반영되었을 것으로 짐작할 수 있다.

   소설 속 유대인의 삶은 도피와 은둔으로 특징지어진다. 바헤라흐의 유대인들은 주위 세계에 의해 고립되고 그들의 내면은 공포와 슬픔에 젖어 있다. 신에 대한 그들의 뜨거운 갈망은 외적 위협에 대한 두려움에서 빚어진 것과 다름없다. 이것은 프랑크푸르트의 유대인 골목에 사는 유대인들도 겪는 같은 상황이다. "여긴 나밖에 없어!"라는 말을 습관처럼 내뱉는 나젠슈테른은 디아스포라 유대인의 삶을 잘 보여 주는 인물이다. 그는 유대인 공동체에서 이탈되고 주위 세계의 폭력을 두려워하는 인물로 그에게 유대인 사회는 비유대인 사회와 마찬가지로 낯설다. 바보 예켈 역시 소외된 유대인을 상징하는 인물로 그의 내면은 비인간적, 폭력적 환경에 의해 왜곡되고, 전통과의 연결 역시 끊어진 고독한 사회적 낙오자를 상징한다. 나젠슈테른과 예켈은 사회적 부적응과 안정된 기반의 상실에 고통받는 사회적 존재로서 디아스포라 유대인의 모습을 반영한다. 그들은 단순히 소설의 희극적 인물이 아니며 실존의 문제 앞에서 탄식하고 출구를 찾을 수 없는 것에 절망하는 현대 유대인의 전형이다. 외부 현실은 바헤라흐와 프랑크푸르트에 사는 유대인 모두의 내면을 황폐화했다.

그들에게서 선민적 존재 의식과 메시아의 도래를 염원하는 역동적인 미래상은 기대할 수 없다. 계몽주의 이후 세속화는 끊임없이 유대교의 존립을 위협하는 문제였지만, 하이네는 되레 디아스포라 유대인의 삶의 조건에 비판의 초점을 두었다. 피폐한 삶과 동화 실패의 원인이 유대인의 내적 모순과 도덕적 타락이 아닌 비유대인 사회에 의해 야기된 억압적 상황에 있는 것으로 그는 보았다.

아슈케나짐 유대인이 퇴락한 주된 요인이 전통이 아닌 사회 상황에 있다는 하이네의 명제는 세파라딤 유대인에게도 해당한다. 그들 역시 디아스포라 유대인으로서의 문제점을 그대로 가지고 있다. 세파라딤 유대인들은 아랍인들과의 통합을 성공적으로 일구어 낸 것으로 유명하다. 하지만 7세기 반에 걸친 레콘키스타에 의해 그들은 이베리아반도를 떠나 유럽 각지로 흩어졌다. 그러나 그곳에서도 그들은 학문과 문학적 재능을 통해 명성을 얻고, 서구와의 접촉을 적극적으로 펼쳐 나갔다. 이로 인해 서유럽 유대인들은 물론 기독교인들로부터 관심과 주목을 받았는데, 특히 유대문화학술협회가 이들에게 주목한 것은 비유대인 사회와의 조화였다. 세파라딤 유대인들은 차별과 박해에도 불구하고 상생의 노력을 통해 고립과 차별 속에 사는 서유럽 유대인들과 다른 삶을 영위했다. 디아스포라 유대인이 살아갈 하나의 가능성을 제시한 셈이다.

그러나 세파라딤 유대인의 이러한 긍정적 측면을 하이네는 소설에서 언급하지 않는다. 소설에서 스페인 기사로 등장하는 돈 이사크는 세파라딤 유대인이다. 독자는 주위 세계와 조화를 일구고 정체성 문제에서 자유로운 세파라딤 유대인의 모습을 그에게서 발견할 수 없다. 그는 자조적이고 왜곡된 언행을 보이는 매우 불안전한 인격의 소유자로 그려진다. 개종 후 동화에는 성공했지만, 전통과 현대성 사이에서 갈피를 잡지 못하는 국외자의 모습이 그대로 드러나고 있다. 돈 이사크는 종교적 확신 없이 기독교로 개종한 유대인이며 그의 언행은 희화적이고, 세상사에 거리를 둔 방랑자나 유대교와 기독교 모두에 등을 돌린 무신론자 내지는 이교도의 모습으로 나타난다. 하이네가 돈 이사크를 통해 의도한 것은 바로 이것이다. 앞서 나젠슈테른과 예켈이 아슈케나짐 유대인으로서 서유럽 유대인의 좌절된 삶을 보여 주었듯이, 세파라딤 유대인 돈 이사크 역시 같은 문제로 고통받는 현대 유대인의 전형이다. 하이네는 지역과 문화의 차이에 따라 유대인들의 삶이 달라지지 않는다는 것을 강조하고 있다. 나젠슈테른과 예켈은 주위 세계의 극단적 폭력성에 의해 위축된 아슈케나짐 유대인의 삶을, 돈 이사크는 동화로 인해 타락한 세파라딤 유대인의 삶을 보여 준다.

돈 이사크의 도덕적 타락은 개종에서 비롯된 것이 아니다. 하이네는 유대인의 타락과 유대교의 몰락을 개인의 내적 요인에서보다는 비유대인 사회에 의해 주도된 유대인의 세속화 과정에서 찾는다. 돈 이사크는 히브리 사람들과 나사렛 사람들 모두에게 등을 돌린 이유가 유대교와 기독교의 공통 요소라고 할 수 있는 금욕주의라고 주장하지만, 실제로 그에게 영향을 끼친 것은 현세주의와 쾌락주의다. 그렇다면 전통은 어떤 의미를 지니고 있을까. 돈 이사크의 유대인 요리에 대한 집착과 탐닉은 물신주의에 지배된 현실에 의해 전통과 단절되면서 유대교가 공적 영역에서 개인의 내적 영역으로 옮아갔음을 보여 주는 사례다. 세속적 유대인들 대부분에게 전통은 관습과 다름없는 문화적 요소라는 것을 하이네는 정확하게 집어냈다.

세속적 유대인 역시 전통에서 떠날 수 없다. 돈 이사크가 전통을 조롱하고 자신의 현세적 쾌락주의를 희화하는 그 이면에는 당대 유대인들의 정체성 상실에 대한 극심한 도덕적 회의가 자리 잡고 있다. 그것은 박탈당한 삶에 대한 자조적 표현이며 동시에 질곡의 상태에서 벗어나려는 몸짓이다. 그는 서구에 의해 정체성을 박탈당한 것이다. 개종했지만 그는 여전히 역경 속의 유대인이다. 전통과 서구 사이에서 강요된 기만적인 삶을 랍비 아브라함이 날카롭게 지적하자 돈 이사크가 고통스럽게 반응하는 것은 바로 이러한 연유에서다. 그것은 주위 세계의 강압적 현실에 의해 야기된 디아스포라 유대인의 뒤틀어진 존재에 대한 당혹감이다.

라인강을 따라 세워진 마을 바헤라흐와 대도시 프랑크푸르트는 19세기의 유대인들이 영위하는 삶의 두 가지 형태인 전통과 동화를 보여 주려고 하이네가 의도적으로 선택한 곳이다. 유대인의 고난이 종교가 아닌 주위 세계와의 관계에서 비롯되었다는 사실을, 또한 묵묵히 그것을 지켜보는 라인강이 어두운 역사의 배경인 것을 보여 주려 한 것이다.

지은이에 대해

괴테, 실러와 더불어 전 세계에 알려지고 사랑받는 독일 작가 하인리히 하이네는 낭만주의풍의 시를 쓴 시인으로, 또한 여러 작곡가가 그의 시를 노랫말로 삼아 아름다운 성악곡을 만들었다는 점에서 자주 서정시인으로 불린다. 그러나 하이네는 감성과 상상의 세계를 그리는 것에만 머물지 않았다. 그는 '3월 이전'[*]을 대표하는 작가 중 하나다. 원래 그는 신문과 잡지의 문예 난 집필을 비롯하여 소설, 드라마, 수필, 여행기 등의 다양한 분야에서 당대의 현실을 질타했던 참여 지식인이자 작가였다. 이러한

---

[*] 3월 이전 : 독일 문예 사조의 명칭이다. 1814~1815년 빈 회의와 1848년 혁명 사이의 시기를 말한다. '3월 이전'에 속한 작가들은 유럽에서의 나폴레옹 체제 몰락 후 빈 회의에서 결정한 절대왕정 복고에 반발하며 민주주의, 시민의 동등한 권리, 국가와 교회의 분리, 여성의 인권, 언론의 자유 등을 요구했고, 그들의 작품을 정치와 권력에 맞서는 도구로 삼았다. 대표적인 작가로 하이네 외에 게오르크 뷔히너(Georg Büchner, 1813~1837)가 있다.

사회 비판적 성향으로 인해 생전의 그는 핍박과 모멸의 시간을 보낼 때가 많았다.

하이네는 1797년 12월 13일 뒤셀도르프의 세속적인 유대인 가정*에서 섬유 판매상 아버지 삼손 하이네와 어머니 베티 하이네* 사이에서 4형제 중 장남으로 태어났다. 하이네의 부모는 사회적으로 명망 있는 위치에 올랐거나 성공했던 가문 출신이었다. 어머니 쪽으로는 의사들과 상업에 종사하는 사람들이 많았고, 아버지 쪽으로는 사회적으로 영향력 있는 인물들이 꽤 많았다. 특히 삼촌 살로몬 하이네는 독일에서 가장 큰 재력을 갖춘 은행가 중 하나였

---

* 18세기 계몽주의의 영향으로 유대인들에 대한 관용과 시민적 권리 부여가 현실화되면서 독일 사회 내 세속적 유대인의 수가 급증했다. 그들은 전통 유대인들과 다르게 전통을 관습으로 간주했고, 서구 사회에 안착하기 위해 개종과 개명의 변절 행위를 서슴지 않았다. 그러나 대학에서 교육받고 부를 쌓은 동화 유대인들이 점진적으로 독일 사회 전면에 등장하자, 독일인들은 그들을 경쟁자로 인식하며 부여했던 유대인에 대한 권리와 자유를 다시 거두어들였다. 반유대주의가 이념적으로 정립되고 지지자 규합을 위한 정치적 도구가 되기 시작했던 때가 바로 하이네가 생존했던 19세기였다. 이후 반유대주의는 나치 정권에 의해 더욱 체계화되면서 정권 이념의 교리이자 세계관의 토대가 되었다.

* 베티 하이네 : 어머니의 결혼 전 성은 판 겔던이었다.

고 유럽 전역에 연결망을 구축한 인물이었다.

하이네는 기독교인 자녀들이 다니는 학교에 다녔고, 프랑스 해방군이 통치했던 뒤셀도르프의 자유로운 분위기 속에서 소년기를 보냈다. 뒤셀도르프는 그가 풍자적인 필치로 묘사했던 도시들, 특히 《이념. 르 그랑의 책》(1827)에 등장하는 도시들과 다르게 항상 행복과 낭만을 머릿속에 떠올리게 만드는 도시였다. 라인강 주변의 지역들을 그가 순수하고 아름답게 그린 것은 소년기의 아름다운 체험과 추억 때문이겠지만, 뒤셀도르프가 다른 도시들에 비해 유대인에게 덜 적대적이었다는 사실도 영향을 끼쳤을 것이다. 성인이 되고 나서도 고향의 이러한 이미지는 잊히지 않았다.

뒤셀도르프에서 상업학교를 졸업한 하이네는 삼촌의 도움으로 프랑크푸르트와 함부르크에서 은행 수습생이 되어 사회에 첫발을 내디뎠다. 이어 1819년부터는 본, 괴팅겐, 베를린에서 법학을 공부했다. 그러나 처음부터 그의 관심은 법학보다 문학에 있었다. 베를린에서 그는 라헬 파른하겐이 주도한 문학 살롱에 드나들며 처음으로 작품 《시집》(1822)을 냈다. 1824년 하이네는 하르츠를 여행했고, 1825년에는 법률가로서의 취업 가능성을 높이기 위해 괴팅겐에서 법학 박사학위를 받았으며, 역시 같은 해에 기독교로 개종했다.* 그러나 동화의 노력에도 그는 당시 독일 사회의 반유대주의적 편견과 차별에서 벗어날 수 없었고, 꿈꾸던 법률가로서의 사회 활동도 불가능했다. 1829년 그는 뮌헨 대학의 교수직에도 도전했으나 좌절하고 만다. 이후 그는 북해 해안, 영국, 이탈리아 등을 여행하면서 활발한 집필 활동을 벌였으며 《여행 화첩》(1826~1830), 《노래의 책》(1827) 등을 통해 작가로 이름을 얻기 시작한다.

하이네는 특유의 유머와 위트로 많은 독자층을 확보했던 작가였다. 하지만 그의 작품에 나타나는 사회 비판, 즉 독일의 정치와 정신세계에서 나타나는 반동적 요소에 대한 신랄한 비판은 프로이센 정부의 탄압에 직면했다. 프랑스 7월 혁명(1830)에 열광했던 그는 결국 1831년 독일을 떠나 파리로 이주했다. 그에게 파리는 유럽의 정신이 모이고 자유를 호흡할 수 있는 도시였다. 그는 파리의 살

---

* 그러나 하이네에게 개종은 소위 "유럽 문화로 들어가기 위한 입장권"에 불과했다. 하이네에게 유대교 또는 유대성은 독일성과 더불어 그의 정체성을 이루는 요소이며 그의 작품 전편을 관통하는 중요한 주제 중 하나다.

롱에서 유명 인사가 되었고, 빅토르 위고, 알렉상드르 뒤마, 조르주 상드, 외젠 들라크루아, 프레데리크 쇼팽, 프란츠 리스트 등 당시 파리 문화계의 인사들과 교류했다. 아울러 그는 파리를 방문한 독일 여행객들이 가장 만나고 싶은 인물 중 하나였다.

1835년부터 그는 마틸데로 불렀던 프랑스 여인과 함께 살기 시작하며 작가 활동을 본격적으로 이어 갔다. 그는 프랑스 독자를 대상으로 《독일의 종교와 철학의 역사》(1835)와 《낭만파》(1836)를 썼고, 독일 아우크스부르크 신문사 등 주요 일간지에 실린 연재기사, 예컨대 〈프랑스 상황〉(1833), 〈프랑스의 화가들〉(1833), 〈프랑스의 연극 무대〉(1838) 등을 통해 독일의 독자들에게 프랑스의 문화와 사회 상황을 소개했다. 또한 그는 파리에 망명한 다른 독일 예술가와 지식인, 이를테면 루트비히 뵈르네, 리하르트 바그너, 카를 마르크스와 교류하며 독일의 상황에 관한 이해를 높이고 시대의 변화에 대한 새로운 가능성을 모색했다. 조국 독일에 대한 이러한 관심과 열정은 무엇보다도 《아타 트롤. 한여름 밤의 꿈》(1843), 《독일. 겨울 동화》(1844)에서 투명하게 드러났다.

파리에서 하이네는 늘 독일을 그리워했다. 그러나 그리움은 매번 고통으로 남았다. 그의 작품은 검열과 압수의 대상이었고, 프로이센 정부는 하이네를 추방할 것을 프랑스 정부에 꾸준히 요구했다. 1843년과 1844년 두 번의 짧은 방문을 끝으로 탄압에 가로막혀 독일 땅을 밟는 것이 불가능해진 것에 더해 독일 출판사와 다툼이 발생했고, 프랑스에서 작품 전집이 출간되었음에도 독일에서의 전집 발행은 이루어지지 않았으며, 급기야 1844년 재정적 후원자였던 함부르크의 삼촌이 사망하자 향수병과 생활고에 시달리던 하이네의 상황은 극도로 악화했다. 게다가 그는 질병에 시달리기 시작했다.

하이네는 1848년 이후 생의 마지막 시간 대부분을 척추결핵으로 소위 "이불 무덤"에서 보냈다. 그러나 온몸이 마비되고 고통에 찌든 상황 속에서도 그는 창작 활동을 멈추지 않았다. 비서의 대필로 쓰인 《로만체로》(1851)와 《고백록》(1854)은 2월 혁명의 실패 이후 부패하고 추악한 세계에 대해 최고조에 달한 시인의 조롱과 아이러니를 보여주며, 서정시인으로서, 낭만주의자로서, 앙가주망 작가로서, 독일인으로서, 그리고 유대인으로서 일생을 보낸 하이네의 입장을 종합하고 완결 지은 작품들이다. 하이네는 1856년 2월 17일에 생을 마감했으며 파리의 몽마르트르 사원 묘지에 안장되었다.

지은이 연보

1797 뒤셀도르프에서 섬유 판매상 삼손 하이네의 아들로 출생한다.
1814 상업학교를 졸업한다.
1815~1816 프랑크푸르트와 함부르크에서 은행 수습생으로 사회에 첫발을 내딛는다.
1819 본, 괴팅겐, 베를린 대학에서 법학을 공부한다. 라헬 파른하겐 주도의 베를린 살롱에서 여러 문인과 교류한다.
1822 《시집》을 출간한다.
1825 괴팅겐 대학에서 법학 박사학위를 취득한다. 프로테스탄트교로 개종한다. 함부르크, 뤼네부르크, 런던, 뮌헨, 이탈리아, 베를린 등의 도시들을 여행한다.
1826 《여행 화첩 제1부-하르츠 여행기》를 출간한다.
1827 《여행 화첩 제2부-이념. 르 그랑의 책, 북해》와 《노래의 책》을 출간한다. 처음에는 대중적 인기를 얻지 못하나 금서 목록에 오른 이후 19세기의 가장

성공을 거둔 작품으로 평가받는다.

1830 독일 북해의 섬 헬골란트에 거주한다. 《여행 화첩 제3부 – 뮌헨에서 제노아까지의 여행, 루카의 온천》, 《여행 화첩 제4부 – 도시 루카, 영국 단상》을 출간한다.

1831 독일의 정치적 상황에 좌절해 파리로 이주한다.

1833 독일 아우크스부르크 일간지에 〈프랑스 상황〉 등을 연재한다.

1835 독일 연방 의회의 결정에 따라 작품들이 금서 목록에 오른다. 《독일의 종교와 철학의 역사》를 출간한다.

1836 《낭만파》를 출간한다. 진보 민주 망명자 단체에 가입한다. 카를 마르크스 등 독일 망명 지식인 및 예술가들과 교류한다.

1840 《루트비히 뵈르네. 회고록》을 출간한다.

1841 마틸데로 불렸던 프랑스 여인 미라와 결혼한다. 재정 상황이 극도로 악화한다.

1843 첫 번째로 독일 여행을 한다. 《아타 트롤. 한여름 밤의 꿈》을 출간한다.

1844 두 번째 독일 여행을 한다. 《독일, 겨울 동화》, 《신시집》을 출간한다.

1848 척추 결핵으로 이후 생의 마지막 시간 대부분을

"이불 무덤"에서 보낸다.
1851 《로만체로》,《파우스트 박사》를 출간한다.
1854 《고백록》,《망명 중의 신들》,《루트비히 마르쿠스》,
《1853년과 1854년의 시》,《루테치아》 등을
출간한다.
1856 사망 후 몽마르트르 사원 묘지에 안장된다.

옮긴이에 대해

　김희근은 독일 뮌스터 대학교 독어독문학과에서 독문학 박사학위를 받았고 한양대학교 인문과학대학 독어독문학과 교수로 재직하고 있다. 저서로《하이네의 메시아적 전망》,《성과 속, 그 사이에서의 문학연구》, 역서로 요제프 로트의《거미줄》이 있으며 다수의 논문을 발표했다.

슈나벨레봅스키 씨의 회상 / 바헤라흐의 랍비

지은이 하인리히 하이네
옮긴이 김희근
펴낸이 박영률

초판 1쇄 펴낸날 2024년 10월 15일

커뮤니케이션북스(주)
출판등록 제313-2007-000166호(2007년 8월 17일)
02880 서울시 성북구 성북로 5-11
전화 (02) 7474 001, 팩스 (02) 736 5047
commbooks@commbooks.com
commbooks.com

ⓒ 김희근, 2024

지식을만드는지식은
커뮤니케이션북스(주)의 고전 출판 브랜드입니다.
이 책은 저작권자와 계약해 발행했으므로, 본사의 서면 허락 없이는
어떠한 형태나 수단으로도 이 책의 내용을 이용할 수 없습니다.

ISBN 979-11-7307-147-8 03850

책값은 뒤표지에 있습니다.